La Faute des autres

DE LA MÊME AUTEURE

Saga *L'Inconnu du presbytère*
Tome 1 : *Les temps maudits*, roman, Éditions Hurtubise, 2022.
Tome 2 : *Le jeu du hasard*, roman, Éditions Hurtubise, 2023.

Saga *Dans le secret des voûtes*
Tome 1 : *Le trésor des Augustines*, roman, Éditions Hurtubise, 2021.
Tome 2 : *Les chemins inverses*, roman, Éditions Hurtubise, 2021.
Tome 3 : *Le temps des trahisons*, roman, Éditions Hurtubise, 2022.

Saga *La Faute des autres*
Tome 1 : *Les rêves*, roman, Éditions Hurtubise, 2019.
Tome 2 : *Les réalités*, roman, Éditions Hurtubise, 2019.
Tome 3 : *Les révoltes*, roman, Éditions Hurtubise, 2020.

Saga *La Marche des nuages*
Tome 1 : *L'insoumis*, roman, Montréal, Éditions Hurtubise, 2015.
Tome 2 : *L'infidèle*, roman, Montréal, Éditions Hurtubise, 2016.
Tome 3 : *L'infâme*, roman, Éditions Hurtubise, 2018.

Lucy Maud Montgomery, Écrivaine, Éditions de l'Isatis, 2020.
Joseph-Armand Bombardier, L'inventeur, Éditions de l'Isatis, 2019.
Mary Travers, Madame Bolduc, Éditions de l'Isatis, 2018.
Jean Talon, intendant en Nouvelle-France, roman, Montréal, Éditions de l'Isatis, 2014.
Le mystère de la mare aux crapauds, roman, Gatineau, Vents d'Ouest, 2013.
La nuit des cent pas, roman, Montréal, Hurtubise, 2009.
La fille du bourreau, roman, Montréal, Hurtubise, 2008.
Chut ! Ne dis rien !, album, Montréal, ERPI, 2007.
Nuit blanche à la cabane à sucre, roman, Laval, HRW, 2007.
Lettre à Salomé, roman, Montréal, Boréal, 2007.
Le cadeau du vent, roman, Montréal, Éditions du Phoenix, 2006.
Le secret du château de la Bourdaisière, roman, Montréal, Pierre Tisseyre, 2005.
Le petit carnet rouge, roman, Montréal, Hurtubise, 2005.
Trente minutes de courage, roman, Montréal, Hurtubise, 2004.
Pour un panier de pêches, roman, Montréal, Pierre Tisseyre, 2004.
Vaco, le Moche, roman, Montréal, Pierre Tisseyre, 2003.
Les temps fourbes, roman, Montréal, Pierre Tisseyre, 2003.
Au château de Sam Lord, roman, Montréal, Hurtubise, 2003.
Le choc des rêves, roman, Montréal, Pierre Tisseyre, 2002.
Sur les traces des Caméléons, roman, Gatineau, Vents d'Ouest, 2002.
Les mirages de l'aube, roman, Montréal, Pierre Tisseyre, 2001.
La dernière nuit de l'Empress of lreland, roman, Montréal, Pierre Tisseyre, 2001.
Le secret de Marie-Victoire, roman, Montréal, Hurtubise, 2001.
Le huard au bec brisé, roman, Montréal, Pierre Tisseyre, 2000.
Le vol des chimères, roman, Montréal, Pierre Tisseyre, 2000.
La peur au coeur, roman, Montréal, Boréal, 2000.
L'orpheline de la maison Chevalier, roman, Montréal, Hurtubise, 1999.
Le moussaillon de la Grande Hermine, roman, Montréal, Hurtubise, 1998.
Les caprices du vent, roman, Montréal, Pierre Tisseyre, 1998.
Le secret du bois des Érables, roman, Laval, HRW, 1998.

Josée Ouimet

La Faute des autres

tome 1

Les rêves

Roman historique

Hurtubise

Catalogage avant publication de Bibliothèque et Archives nationales du Québec et Bibliothèque et Archives Canada

Titre : La faute des autres / Josée Ouimet.

Noms : Ouimet, Josée, 1954- auteur. | Ouimet, Josée, 1954- Rêves.

Collections : Classiques du roman historique d'ici.

Description : Réédition. | Mention de collection : Classiques du roman historique d'ici | Sommaire : tome 1. Les rêves.

Identifiants : Canadiana 20220029288 | ISBN 9782897819859 (vol. 1)

Classification : LCC PS8579.U444 F38 2023 | CDD C843/.54—dc23

Les Éditions Hurtubise bénéficient du soutien financier du gouvernement du Québec par l'entremise du programme de crédit d'impôt pour l'édition de livres et de la Société de développement des entreprises culturelles du Québec (SODEC). L'éditeur remercie également le Conseil des arts du Canada de l'aide accordée à son programme de publication.

Financé par le gouvernement du Canada | Canada

Graphisme de la couverture : Sabrina Soto
Illustration de la couverture : Alain Massicotte
Maquette intérieure et mise en pages : Andréa Joseph [pagexpress@icloud.com]

ISBN 978-2-89781-985-9 (version imprimée)
ISBN 978-2-89781-354-3 (version numérique PDF)
ISBN 978-2-89781-355-0 (version numérique ePub)

Dépôt légal : 2e trimestre 2023
Bibliothèque et Archives nationales du Québec
Bibliothèque et Archives Canada

Diffusion-distribution au Canada :
Distribution HMH
1815, avenue De Lorimier
Montréal (Québec) H2K 3W6
www.distributionhmh.com

Diffusion-distribution en Europe :
Librairie du Québec/DNM
30, rue Gay-Lussac
75005 Paris FRANCE
www.librairieduquebec.fr

Imprimé au Canada
www.editionshurtubise.com

Merci à mon amour, Régent,
d'être présent à mes côtés, malgré
mes longs voyages dans le temps…

Si c'est la raison qui fait l'homme,
c'est le sentiment qui le conduit.

Jean-Jacques Rousseau

Chacun est seul responsable de tous.

Antoine de Saint-Exupéry

Prologue

Saint-Pie-de-Bagot, 1943…

La Première Guerre mondiale et la crise économique sont encore bien vivantes dans les mémoires que déjà le spectre d'une nouvelle conscription plane au-dessus des têtes des célibataires âgés entre dix-huit et quarante ans. La Deuxième Guerre mondiale, orchestrée par Adolf Hitler, a mis sens dessus dessous l'Europe, plaçant sous le joug nazi la Pologne, l'Autriche, la France et plusieurs autres pays. L'Angleterre, pas encore soumise au tyran germanique, appelle une nouvelle fois les Canadiens sous les drapeaux.

Le monde tourne au rythme de l'effort de guerre et les usines fabriquent tout ce dont l'armée a besoin, réquisitionnant non seulement la main-d'œuvre, mais aussi les matières premières et certaines denrées alimentaires. Les coupons de rationnement favorisent le marché noir et, encore une fois en seulement vingt ans, la population civile est victime d'une privation au profit de l'armée.

Beaucoup de Canadiens français choisissent l'exil vers les États-Unis, comme l'avaient fait avant eux leurs parents. D'autres entreront dans des communautés religieuses pour se soustraire à la loi, mais la plupart opteront pour un mariage sans amour.

Fernand et Henriette seront de ceux qui tenteront de trouver le bonheur dans un quotidien dicté par les obligations et le devoir.

Chapitre 1

L'espoir

Dans l'étable, les vaches meuglaient d'impatience. La brise de ce matin de mai, s'infiltrant par les ouvertures du bâtiment, signalait leur libération prochaine dans les champs qu'une herbe tendre recouvrait déjà. Fernand Dupré y travaillait depuis l'aube. De stature robuste, avec des cheveux noirs tirés vers l'arrière et un cou puissant, où perlaient des gouttes de sueur, le jeune trentenaire abattait la besogne sans rechigner. Il aimait le travail de la ferme et saluait chaque journée passée auprès des animaux le cœur gai.

Fernand tourna la tête vers son père, Kildare, dont la silhouette filiforme se détachait dans le clair-obscur de la porte ouverte. Il buvait, à même l'œuf encore chaud tiré de dessous la poule pondeuse, le liquide dans lequel, affirmait-il, se cachait le secret de sa vigueur.

Le fils cadet de la famille Dupré admirait cet homme de soixante-sept ans, doté d'une santé de fer et qui avait préservé sa famille de la misère grâce à un labeur quotidien. Malgré la guerre qui faisait rage en Europe, les Dupré, comme tous les cultivateurs de la région, continuaient à faire prospérer leur ferme, conscients de la chance qu'ils avaient de ne pas subir le rationnement dont les gens de la ville souffraient tant. Kildare et Adrien pouvaient aussi consommer leur tabac, dont la récolte exceptionnelle de l'année précédente leur procurait toujours le plaisir de fumer une bonne pipe ou une cigarette – ce qu'Adèle qualifiait de poison pour les poumons. Les répercussions de ce nouveau conflit mondial touchaient aussi les campagnes qui subissaient les rationnements de l'essence, du caoutchouc et de l'acier, ce qui rendait très difficile de réparer les instruments aratoires ou encore de faire fonctionner les moteurs des tracteurs.

— Une chance qu'on a gardé les chevaux, disait souvent Kildare. Eux, au moins, y sont fiables !

Mais ce que tous craignaient le plus, qu'ils soient citadins ou cultivateurs, c'était le spectre de la conscription.

— Y fait-y assez beau ! lança Kildare en levant le nez vers le ciel azuré.

— Y est pas trop tôt. Avec l'hiver qui a traîné jusqu'à la fin d'avril, les vaches en peuvent plus d'être dans l'étable, répliqua Fernand.

— Y est temps qu'elles aillent s'épivarder dans le champ. Envoye ! On les lâche lousses à matin, déclara Kildare.

Sur le signal du maître des lieux, Fernand retira la perche qui fermait les enclos et tira sur le licou de la première vache, l'incitant à se diriger dans l'allée centrale. Le meuglement de la bête remplit l'air humide, répété en écho par celui de ses congénères. À la queue leu leu, les vaches se dirigèrent vers la porte près de laquelle Kildare se tenait toujours. Il s'amusa à les encourager l'une après l'autre d'une bonne tape sur la croupe.

— Vas-y, ma Jeanne, va brouter de la bonne herbe ! Pis toi aussi, ma Simone ! s'exclama-t-il quand la dernière vache eut franchi le seuil de l'étable.

Le père et le fils, tous deux experts essayeurs de lait certifiés de l'École de laiterie provinciale située à Saint-Hyacinthe, dirigèrent le troupeau d'une quinzaine de têtes vers le champ derrière la grange et s'empressèrent de vérifier si la clôture, qu'ils avaient réparée l'automne précédent, tenait le coup.

— As-tu rempli le bac d'eau claire ? demanda le père.

— Drette à matin. L'eau de la rivière était froide sans bon sens.

— J'voudrais pas tomber dedans... Même si la terre se réchauffe, l'eau de la rivière, elle, reste froide jusqu'en juillet.

— Y faut attendre au mois d'août pour pouvoir s'y baigner, décréta Fernand.

— Se baigner ! Tu parles d'un amusement ! Ça prend ben des jeunes pour aimer s'ébrouer dans l'eau…

— Ça fait tellement du bien après une grosse journée de travail. Venez pas me dire, son père, que vous l'avez jamais fait dans votre jeunesse.

— Ben sûr que je me suis baigné. Chu pas niaiseux ! répliqua le sexagénaire offensé.

— C'est pas ce que j'ai voulu dire, répondit Fernand, contrit.

Le jeune homme baissa la tête, se soustrayant au regard sévère posé sur lui.

Malgré son rang familial, Fernand n'en était pas moins celui qui hériterait de la ferme paternelle quand son père se déciderait enfin à la lui léguer. L'aîné, Rosario, avait refusé de la reprendre, prétextant que le métier de fermier en était un de miséreux et qu'il espérait avoir une plus belle vie en travaillant à la manufacture de papier brique, située sur le bord de la rivière. La conscription ne lui faisait pas peur, même si sa femme Marguerite ne lui avait pas donné d'enfant. Sans compter qu'une malformation à la hanche droite, qui le faisait boiter un peu, lui garantissait d'être exempté. L'armée ne recrutait que les hommes en bonne santé.

Ernest, le deuxième fils de la famille Dupré, dès l'annonce de l'enrôlement obligatoire de 1939, s'était exilé aux États-Unis. Aventurier de nature et détestant les travaux de la ferme, il avait choisi de quitter le nid familial qu'il trouvait restrictif, préférant la liberté d'action que lui procurait l'exil. D'ailleurs, en quatre ans, il n'avait donné de nouvelles que deux fois, dans de courtes lettres qui ne précisaient souvent que les changements d'adresse et quelques anecdotes de sa vie d'apatride.

Adrien, le troisième fils, avait déjà légué son droit d'aînesse à son benjamin, convaincu que le travail de fermier n'était pas pour lui. Paresseux de nature, porté sur la bouteille et les femmes, il tentait d'éviter la conscription à sa manière par de multiples stratégies et subterfuges. L'exil demeurait la meilleure échappatoire pour celui dont la réputation de fainéant n'était plus à faire.

Les deux filles de la famille, Annette et Alma, étaient mariées et trois enfants gravitaient déjà autour de leurs mères affairées. Alma habitait une petite ferme à Saint-Damase tandis qu'Annette avait quitté Saint-Pie pour aller vivre dans une fermette à Saint-Simon-de-Bagot, où son mari et elle tiraient le diable par la queue sur une terre de roches.

Fernand, pour sa part, espérait devenir propriétaire de la ferme familiale au plus tôt.

Le père et le fils marchaient maintenant à pas lents entre les rangs de betteraves à sucre, une innovation que Fernand avait apportée aux cultures céréalières, et qui leur procurerait un revenu supplémentaire.

— La récolte va être bonne cette année ! lança-t-il à son père.

— Y faudrait ben, avec l'argent que t'as dépensé pour ça…

— Ça va rapporter plus que vous pensez, vous allez voir.

— Je me souviens que mon père en avait semé en 1880, quand l'usine de Farnham-Ouest avait ouvert ses portes. Ç'avait pas donné grand-chose. Même celles de Coaticook et de Berthier avaient fermé pas longtemps après, commenta Kildare, sceptique.

— Avec l'usine de Saint-Hilaire, ça va être différent. D'autant plus que le rationnement du sucre va forcer les gouvernements à pousser sur la culture. C'est bon pour nous, ça !

— Ça fait deux ans que la construction de l'usine a commencé, pis ça avance pas vite…

— Ça prend de l'argent et c'est pas facile de bâtir en temps de guerre, vous le savez bien, le père, interrompit Fernand qui connaissait les convictions conservatrices de Kildare.

C'était d'ailleurs ces valeurs qui, Fernand en était certain, lui faisaient sans cesse retarder le moment de lui donner la ferme. Il demeurait attaché aux traditions et avait peur du changement.

Fernand rongeait son frein, impatient de fixer la date de son mariage avec la belle Madeleine Gauthier qu'il fréquentait assidûment depuis presque cinq ans.

Cette fille unique d'une bonne famille de Saint-Dominique faisait la fierté de son père, un entrepreneur de pompes funèbres. Le beau-père avait bien fait comprendre à son futur gendre, le jour des fiançailles, que sa fille recevrait une bonne dot. Fernand avait répondu qu'il épouserait Madeleine même si elle était pauvre, parce qu'il l'aimait tendrement.

Ce qui avait fait sourire Wilfrid Gauthier.

— On crache jamais sur l'argent, tu sauras, mon gars. L'amour, c'est bien beau, mais ça nourrit pas sa famille. Pis vu que tu reprendras pas mon entreprise, j'ai pas le choix de la vendre…

À la seule pensée de devoir travailler avec les macchabées, Fernand avait eu un haut-le-cœur. La mort et les deuils, ce n'était pas son lot. Quand il en avait fait part à son futur beau-père, celui-ci avait mis en garde sa Madeleine que Fernand Dupré n'était peut-être pas un bon parti pour elle.

— C'est lui que j'aime et vous me ferez pas changer d'idée, avait-elle répondu.

Son père ne se doutait pas que ce n'était pas nécessairement l'amour qui portait sa fille au mariage, mais plutôt l'occasion de quitter la maison familiale où elle se sentait plus servante que princesse. Depuis que sa mère souffrait d'une fatigue chronique qui la gardait alitée de longues heures, Madeleine avait hérité de l'entretien de la maison avec tout ce que cela comportait de renoncements. Comme elle aurait aimé pouvoir compter sur de l'aide supplémentaire ! Elle devait cependant se débrouiller toute seule, son père lui ayant bien signifié qu'aucune étrangère ne viendrait faire l'ouvrage que sa fille pouvait accomplir.

Madeleine se sentait parfois ingrate de vouloir s'amuser et s'accorder des moments de liberté alors que son père travaillait du matin au soir pour assurer une vie décente à celles qu'il chérissait de tout son cœur sous ses dehors bourrus. Mais la jeune femme de vingt-quatre ans n'en pouvait plus de ronger son frein. Elle n'aimait pas d'amour Fernand Dupré, mais le mariage était la seule solution à son problème. Elle voulait quitter au plus tôt ce foyer familial qui l'étouffait.

— Ben regarde donc qui c'est qui arrive à maison ! déclara Kildare en se hissant sur la pointe des pieds, comme il le faisait chaque fois qu'il était surpris.

Fernand se retourna vers la Ford noire qui se garait devant la galerie.

— C'est le docteur Chaput !

Le médecin descendit de la voiture et se dirigea rapidement vers la maison.

— C'est pas maman, j'espère… s'inquiéta Fernand.

— Elle allait pourtant bien à matin, dit Kildare qu'une angoisse étreignait soudain.

— J'haïs ça quand le docteur débarque de même à la maison sans prévenir…

— C'est signe qu'il y a une urgence. Allons voir ce qui se passe, trancha le père.

Délaissant les animaux qui broutaient déjà, le père et le fils coururent vers la maison en déclin de bois blanc.

Chapitre 2

La conscription

— Pourquoi t'as fait ça, innocent !

La fureur de Kildare rougissait ses joues.

— Je veux pas y aller, pleurnichait Adrien. Je veux pas…

— C'est pas en te roulant dans l'herbe à puces que tu vas échapper à la conscription, grand niaiseux ! continua le père, d'assez méchante humeur. Si t'avais voulu prendre la ferme, comme je te l'ai répété cent fois, t'en serais pas là.

— C'est pas en l'engueulant que ça va régler le problème non plus, essaya de tempérer sa femme Adèle, qui était de dix ans son aînée.

Il fixa ses prunelles, aussi noires que du jais, sur cette ancienne institutrice dont il était tombé follement amoureux aux premiers jours de son retour des États-Unis.

— Tu vas pas le prendre en pitié, au moins ? lui reprocha-t-il.

— J'ai jamais eu pitié de personne et c'est pas aujourd'hui que ça va commencer. Tu me connais mieux que ça…

L'attitude soumise d'Adèle ne trompait pas Fernand qui connaissait assez sa mère pour savoir que c'était elle qui menait la famille Dupré.

Originaire de Saint-Paul-d'Abbotsford, Adèle Surprenant avait quitté son village natal blotti au pied du mont Yamaska pour la ville de Granby où elle avait d'abord terminé ses études secondaires. À seize ans, elle avait déniché un poste de maîtresse d'école dans le rang du Haut-de-la-Rivière-Nord à Saint-Pie-de-Bagot. Elle y avait enseigné presque quatorze ans et s'était résolue à coiffer le chapeau de sainte Catherine jusqu'à un matin de septembre 1896, lorsqu'elle avait débarqué sur le quai de la gare en même temps qu'un jeune étranger qui lui avait souri.

Depuis cette rencontre, Adèle et Kildare ne s'étaient jamais quittés.

*

— Vous lui donnerez ce calmant si ça le démange trop, annonça le docteur en tendant une boîte de comprimés. Et faites-lui prendre des bains d'avoine avec du soda à pâte.

— Dis-moi pas qu'on va gaspiller de la bonne avoine pour…

— Kildare! tonna Adèle, en lui jetant un regard furibond.

Elle se tourna vers le docteur qui remettait ses fioles et ses onguents dans sa mallette.

— Pas trop chauds ni trop froids, les bains. Il ne faut pas stimuler la circulation du sang.

— Merci docteur. Combien on vous doit? demanda Adèle.

— Mettez ça sur mon compte, intervint aussitôt Kildare. Je vais régler mes dettes à la fin du mois chez le marchand général. J'en profiterai pour aller vous payer.

— Parfait! Bon, je vous laisse. Je dois passer voir le fils de Gratien Cordeau. Lui aussi a reçu sa lettre d'enrôlement cette semaine. Le pauvre… Il s'est amputé l'index droit avec une hache pleine de terre. J'ai eu bien peur que l'infection se propage.

— Il est correct maintenant? demanda Fernand, préoccupé.

— Oui. Il est hors de danger. Lui, au moins, il ne sera pas conscrit, c'est certain. Il ne peut plus utiliser un fusil.

Le médecin soupira en refermant sa mallette de cuir noir.

— Vous allez voir : il va y avoir encore plein d'hommes à qui il va manquer l'index droit. Comme pendant la guerre de 14-18.

— C'est mieux un doigt en moins que d'aller mourir à l'autre bout du monde pour rien… décréta sombrement Adrien.

Le médecin se tourna vers celui dont le visage et les membres étaient couverts de boursouflements rosâtres.

— Assurément… Quant à toi, Adrien, il va falloir te trouver un autre truc pour échouer à l'examen médical. Et j'espère que tu ne feras pas comme le petit Cordeau…

— Moi, j'vas crisser mon camp aux États, hostie !

— On sacre pas dans ma maison ! le réprimanda son père.

— Tu peux toujours trouver une solution plus simple comme devenir fermier et soutien pour tes vieux parents, essaya de le raisonner le docteur Chaput.

— Ben voyons donc ! Le père est pas prêt à lâcher la terre…

Tous les regards se tournèrent vers Kildare qui releva le front en signe de défi.

— Y est pas dit que je vais passer le reste de mes jours à me tourner les pouces assis dans une berceuse. Je suis encore assez vigoureux. Pis la terre, elle est à moi à ce que je sache ! Je la léguerai en temps et lieu, quand bon me semblera.

Assis sur la dernière marche de l'escalier, Fernand se raidit. Les paroles de son père résonnaient dans sa tête comme un glas.

Le docteur reporta son attention sur Adrien dont les démangeaisons s'accentuaient.

— Pis te marier ? Fonder une famille ? ajouta-t-il sur un ton persuasif. À ton âge, ça serait le temps, non ?

Adrien émit un petit ricanement.

— Pourquoi me marier avec une seule femme quand j'peux en avoir plusieurs ?

— Comment oses-tu dire des affaires de même devant monsieur le docteur ! s'insurgea Adèle.

— Voyons, m'man ! C'est des farces !

— Tes farces, mon gars, elles sont pas drôles. Pas drôles pantoute. Pis si t'es pour te tourner les pouces icitte sans m'aider sur la ferme, t'as juste à te trouver une autre place pour manger pis dormir, laissa tomber Kildare.

Tous les regards convergèrent vers celui qui, pour la première fois, menaçait un de ses enfants de le mettre à la porte.

— Vous êtes pas sérieux, le père ? demanda Adrien dont les rougeurs du visage s'accentuaient.

— J'accepterai pas que tu passes le reste de tes jours, sous mon toit, sans travailler du matin au soir pour nous aider. Y a du travail icitte… En masse ! Ça fait que si tu veux pas mettre la main à la pâte pis nous aider, Fernand pis moi, ben tu sais quoi faire…

Le fermier balaya la pièce d'un regard dur avant de continuer sur le même ton :

— Pis si ça continue, c'est ben simple, personne va l'avoir, ma terre ! J'vas la garder jusqu'à ce que je sois plus capable de m'en occuper.

Sur cette tirade, Kildare quitta précipitamment la maison, laissant les personnes rassemblées médusées.

— Il est pas encore convaincu, c'est certain… soupira Adèle en se dirigeant vers le poêle dans lequel elle ajouta une bûche d'un geste machinal.

— Kildare est un homme fier et encore en excellente santé, dit le docteur en ramassant son chapeau dont il se coiffa aussitôt.

— Oui… et fringant en plus, compléta Adèle avec un sourire piteux.

Le docteur fixa un moment celle qui avait été jadis l'institutrice la plus respectée de la région.

— Un peu trop peut-être ?…

— Un peu trop, oui.

Adèle suivit le docteur sur la galerie où elle put lui parler de ses problèmes de couple loin des oreilles indiscrètes.

— Tu dis rien, toi ? lança Adrien à Fernand qui s'approchait de l'évier pour se verser un verre d'eau à même la pompe qu'il actionna d'un geste lent.

— Qu'est-ce que tu veux que je dise ?

— Que chu un épais, un niaiseux ! Un pas d'allure !

— Tu le dis toi-même. J'ai pas besoin d'en rajouter.

Fernand eut à peine le temps de faire un pas de côté pour éviter le gobelet qu'Adrien lui lançait. Le bruit de l'étain sur le plancher alerta Adèle qui passa la tête par l'entrebâillement de la porte moustiquaire.

— Pas de chicane, les garçons !

— Ben non, maman ! On joue... déclara Fernand.

— On joue ! répéta Adrien en imitant son frère cadet. Qu'est-ce que tu ferais pas pour rester le chouchou de maman ? Maudit menteur...

— C'est toi le menteur de la famille ! Toi qui passes ton temps à courir les jupons à Saint-Hyacinthe, pis à jouer aux cartes à l'argent sous un faux nom...

— Qui c'est qui t'a raconté ça ? l'interrompit Adrien, furieux.

— Lucien Dalpé.

— J'le connais pas.

— Lui te connaît. C'est le petit cousin de Madeleine. Il t'a vu entrer au tripot de la Bertholet, sur la rue Saint-Antoine, au Marché à Foin...

— Je suis jamais allé chez cette... Bertholet, comme tu l'appelles...

— Ah, non ? Elle t'a déjà vu plusieurs fois ! enchaîna vivement Fernand. Y paraîtrait qu'une de ses filles s'est plainte que tu l'avais bardassée pas mal...

— Heille ! Je l'ai pas bardassée. C'est elle qui a commencé à me frapper quand…

— Je veux pas savoir ce que tu fais dans les bordels de la ville. Mais dis-toi bien que ta réputation est faite, mon frère, pis qu'y a du monde qui t'a à l'œil.

— Qui ça ?

— La gang à Bissonnette, ça te dit quelque chose ?

— Pantoute…

— Attends qu'il te mette la main au collet.

— Pourquoi y ferait ça ?

— Parce que la fille que t'as bardassée, ben c'est sa sœur…

Un petit cri étouffé les fit se retourner vers la porte d'entrée où Adèle, figée sur le seuil, les fixait tous deux d'un regard outré. Ses lèvres frémissantes, ses mains jointes sur son ventre, ses yeux écarquillés leur révélèrent qu'elle avait tout entendu.

L'espace d'un battement de cœur, un silence, lourd comme du plomb, s'abattit dans la pièce.

— Faut pas le croire, m'man… commença Adrien, d'une voix mielleuse, c'est des menteries…

Adèle posa sur lui un regard si noir qu'Adrien se tut aussitôt. Il connaissait trop bien les colères de celle qui avait su mâter les écoliers les plus récalcitrants. Elle avait même tenu tête aux trois commissaires d'école quand ceux-ci lui avaient réclamé des heures supplémentaires pour entretenir, à ses frais, la cour de l'école et les bécosses.

— Va rejoindre ton père dans la grange, ordonna-t-elle d'une voix grave à Fernand qui déguerpit sans demander son reste.

Demeurée seule avec Adrien, Adèle se dirigea vers le poêle dans lequel crépitait une bûche de tilleul. Elle souleva l'un des ronds de fonte, plongea sa main dans la poche de son tablier, en sortit la boîte d'analgésiques que le docteur venait de lui vendre et les jeta dans le feu sous le regard ahuri d'Adrien.

Chapitre 3

Le revenant

— Avez-vous fixé la date du mariage ? demanda Adèle en offrant un carré de sucre à la crème à sa future bru.

— Pas encore. On n'est pas certains…

— Pas certains de quoi ? continua Adèle en déposant l'assiette sur la table du salon.

Comme tous les dimanches, Madeleine venait passer l'après-midi chez les Dupré. La jeune femme aimait prendre congé de l'atmosphère de tristesse qui régnait chez elle.

— Ça va dépendre de votre mari.

— Mon mari ?

— Mon père attend qu'il donne officiellement la ferme à Fernand, devant le notaire, avant de consentir à notre mariage.

— Je croyais qu'il avait déjà consenti…

— À nos fiançailles seulement.

Un silence lourd de non-dits s'étira entre les deux femmes.

— C'est une question de quelques semaines encore, j'imagine… mentit Adèle.

Elle prit ensuite un morceau de sucre à la crème qu'elle laissa fondre lentement sur sa langue, repensant à la dernière discussion qu'elle avait eue avec son mari à propos de leur plus jeune fils que la conscription pouvait leur ravir à tout moment.

*

Depuis le 1er septembre 1939, avec la mise en vigueur de la Loi sur les mesures de guerre par le gouvernement de Mackenzie King, le spectre de la conscription avait refait surface. Le pacte proposé par Ernest Lapointe, ministre de la Justice, offrant aux Canadiens le compromis de participer à l'effort de guerre sur une base volontaire, avait résonné davantage dans le cœur des Canadiens anglais. Les francophones, quant à eux, se sentaient encore une fois trahis comme en 1917, alors que la Première Guerre mondiale avait traqué les jeunes hommes célibataires jusque dans les chaumières et les avait arrachés de force aux bras de leurs mères en pleurs. La désertion avait été durement réprimée par l'emprisonnement ou même la peine de mort. Le frère d'Adèle avait été de ceux que le devoir envers la patrie avait menés dans les tranchées boueuses de Vimy où il avait perdu la vie. Depuis ce jour, Adèle Surprenant s'était juré de ne plus jamais souffrir pareil sacrifice.

Hélas ! Depuis maintenant trois ans, de l'autre côté de l'océan, Adolf Hitler avait mis l'Europe sous sa tutelle. Sa tyrannie s'étendait désormais au-delà des frontières des Balkans, jusqu'en Russie. Pour épargner ses monuments, la France avait signé une entente et le maréchal Pétain avait préféré sacrifier les Juifs par une rafle qui avait divisé les familles et placé les Français au rang des traîtres. L'Angleterre, pour sa part, résistait tant bien que mal aux assauts répétés des bombardiers allemands et Winston Churchill, le premier ministre de la Grande-Bretagne, demandait l'aide des pays du Commonwealth, dont le Canada faisait partie. Ainsi, pour la seconde fois en à peine vingt-cinq ans, les hommes célibataires entre dix-huit et quarante ans étaient de nouveau appelés sous les drapeaux.

✳

Un bruit sur le perron, suivi d'un éclat de voix, les fit sursauter toutes les deux.

— Ah, ben ! Ah, ben ! Un revenant ! s'exclama Adrien en arrivant au pied de l'escalier qu'il avait dévalé à toute vitesse.

Adèle se leva et sortit du salon, imitée par Madeleine dont la curiosité la poussa à précéder son hôtesse jusqu'à la porte d'entrée où se dressait un homme de belle stature.

Le regard de l'inconnu croisa celui de Madeleine qu'un léger frisson parcourut. Elle sourit à cet homme élégant qui s'approcha d'elle et lui tendit la main.

— À qui ai-je l'honneur ? demanda-t-il d'un ton doucereux.

— Madeleine Gauthier…

— C'est la fiancée de Fernand, compléta Adèle en se dressant près de son invitée.

— La fiancée de Fernand ? Vraiment ? Il a du goût, le petit frère !

Madeleine rougit et baissa humblement la tête.

— Tu viens d'où comme ça ? demanda Adrien qui ne manquait rien du malaise que cette arrivée impromptue occasionnait.

— Des États, c't'affaire ! lança Ernest, le second fils de la famille.

— T'as décidé de plus te cacher ? Tu veux t'enrôler ?

— Pantoute ! Je suis revenu pour prendre la terre !

Adèle posa une main sur sa poitrine et, prise de vertige, chercha appui sur le dossier d'une chaise tout près.

— M'man, ça va pas ? demanda Adrien qui s'empressa de faire asseoir la pauvre femme qui blêmissait à vue d'œil.

— Tu… tu veux la terre ?… articula-t-elle faiblement. T'avais pourtant juré à Fernand que tu la lui laissais.

— J'ai changé d'avis ! J'ai le droit ! C'est moi l'aîné, après tout, se défendit Ernest.

— Ça fait si longtemps que t'es parti… Pis là tu reviens, pis tu veux la ferme ? C'est pas correct, ça ! Fernand a travaillé dur pour en hériter…

— Y a rien de garanti tant que c'est pas fini, la coupa Ernest qui connaissait le penchant d'Adèle pour son plus jeune fils qu'elle avait conçu pendant son "retour d'âge".

Il posait sur sa mère un regard d'épervier.

— Le père m'a toujours fait savoir que, si je revenais, la terre serait à moi.

Au même moment, revenant de l'étable, Fernand entra dans la maison, Kildare sur les talons. Le pauvre comprit tout de suite que son rêve partait à la dérive avec le retour du fils prodigue.

Le futur héritier regarda son frère avec arrogance, un rictus mauvais étirant ses lèvres charnues, surmontées d'une fine moustache à la dernière mode. Il le toisa longuement, s'imprégnant de sa déconvenue comme un guerrier savourant une victoire sur un ennemi juré.

Anéanti, Fernand ne pouvait détacher son regard de celui, triomphant, de ce frère qu'il avait toujours détesté en silence. Voilà que son retour faisait resurgir la colère qui, depuis son départ précipité, l'avait déserté. Maintenant qu'il était revenu, sa haine renaissait, enveloppant toute pensée, tuant toute joie.

Le frère ennemi n'était plus dans les tranchées d'Europe. Il était là, devant lui, avec toute son ignoble suffisance.

Détournant le regard, il porta les yeux sur sa fiancée. Sa colère se décupla quand il l'aperçut, les yeux pétillants, se dressant aux côtés du traître.

Chapitre 4

Le droit d'aînesse

— Eh qu'y fait chaud... se lamenta Ernest en essuyant d'un geste rageur la sueur qui lui collait à la nuque.

— Les canicules de juillet sont toujours les plus longues. Tu t'en souviens déjà plus ? rétorqua Kildare qui attelait la jument.

Dans l'écurie, les odeurs du fumier devenaient intolérables sous la chaleur. Ernest posa un regard perplexe sur son père qui avait revêtu le costume qu'il mettait seulement pour les grandes occasions.

— Y a-t-y quelqu'un de mort ?

— Non, pourquoi ?

— Attriqué de même, vous allez sûrement pas au magasin général du père Saurette.

— J'ai un rendez-vous.

— Avec qui ?

— Le père de Madeleine Gauthier. Y faut qu'on se parle. Y peut pas empêcher le mariage de Fernand pis de sa fille de même. Ça se fait pas ! J'ai ben l'intention d'y faire comprendre que Fernand est un bon parti. Un bon garçon qui, même si je lui donne pas la terre en héritage, peut rendre sa fille heureuse et lui assurer une belle vie.

— Mon Dieu, le père ! On croirait entendre la mère parler. C'est elle qui vous a dit de…

— Ta mère me dit pas quoi faire, tu sauras ! coupa Kildare d'un ton sec. On en a discuté et on en est venu à la conclusion que Fernand mérite pas ça.

— Et Madeleine ?

— Quoi Madeleine ?

— Elle veut encore de Fernand ?

— Pourquoi tu me demandes ça ? Tu sais bien que ces deux-là se fréquentent depuis presque cinq ans. Ils attendaient juste de fixer la date du mariage pour…

— Si vous voulez mon avis, le coupa à son tour Ernest, avec les yeux doux qu'elle m'a faits la première fois qu'on s'est vus, je suis pas sûr qu'elle est aussi amoureuse de Fernand que ça.

Ernest n'osa pas mentionner que depuis leur première rencontre, à son retour du pays de l'oncle Sam, Madeleine et lui s'étaient revus trois fois. Pour le futur héritier, ce n'était qu'une occasion de se changer les idées et de sortir un peu du train-train quotidien à la ferme. Il traitait la jeune fille avec une gentillesse enjouée qui la changeait de sa morosité quotidienne.

Les quelques baisers qu'ils avaient échangés lui avaient fait comprendre qu'il pourrait aisément conquérir le cœur de celle qui avait, de toute évidence, tourné le dos à son frère cadet. Madeleine Gauthier recherchait un mariage avantageux qui la tirerait de sa situation familiale ennuyeuse. Elle ne s'était pas gênée pour raconter ses déboires à Ernest qui avait vite saisi sa chance et lui avait fait miroiter la possibilité de la prendre pour épouse, si jamais il recevait une lettre du gouvernement.

✳

— Et Fernand ? avait-elle demandé alors qu'ils se baladaient, par un soir de pleine lune, bras dessus, bras dessous, le long de la rue Principale, au vu et au su de tous les villageois.

— Y faudra ben qu'y se fasse à l'idée… T'es pas encore sa femme.

— Pis je le serai jamais, parce que je l'aime plus, lui avait-elle avoué à mi-voix.

— En aimes-tu déjà un autre ?

Madeleine avait baissé les yeux un moment, gênée que son petit manège de séduction soit trop apparent.

— Peut-être ben…

✳

Avec une expression anxieuse, Kildare couva du regard ce fils qu'il admirait pour sa force de caractère et son esprit de liberté. Il se revoyait dans ce grand gaillard au regard perçant, qu'il affectionnait particulièrement et dont il était si fier.

Lui-même, à dix-huit ans, alors que son père Augustin, devenu veuf quelques mois seulement, avait décidé de se remarier avec Aline Janson, une fille de son âge sur laquelle il avait jeté son dévolu, n'avait-il pas quitté la maison paternelle, bien décidé à ne plus y remettre les pieds ? Son exil en Nouvelle-Angleterre s'était soldé par un échec. Les manufactures de coton, qui tuaient à petit feu les immigrants canadiens-français venus y chercher un avenir meilleur, l'avaient dégoûté et il était revenu au pays. Le travail de bûcheron dans les camps de la Mauricie l'avait occupé pendant deux ans jusqu'à ce qu'une lettre de sa belle-mère lui annonçant le décès de son père victime d'une crise cardiaque le ramène au bercail.

Fils unique, il héritait automatiquement de la ferme paternelle. Ses deux sœurs, déjà mariées, lui avaient demandé de garder sa belle-mère, Aline, mais Kildare avait vertement refusé, déclarant que seule son épouse devant Dieu et les hommes vivrait sous son toit.

Un soir de solitude, alors qu'il errait sur le quai de la gare de Saint-Pie, il avait rencontré Adèle. Kildare avait tout de suite su que cette femme, au charme discret, serait la compagne parfaite. Le coup de foudre n'avait pas été au rendez-vous mais, pour Kildare, l'amour n'était qu'accessoire. Dieu n'avait-il pas dit: «Mariez-vous et multipliez-vous»? Jamais il n'avait été question d'amour. Les naissances s'étaient succédé et Kildare avait trouvé un bonheur tranquille auprès d'une femme intelligente et dévouée. Leur union n'avait pas engendré la passion, mais le respect des préceptes de l'Église, qui rendaient le devoir conjugal obligatoire, avait su le satisfaire. Depuis toutes ces années, un sentiment d'affection sincère les unissait toujours.

*

—Mon gars, j'vas te demander juste une chose… Laisse Fernand tranquille. Pis sa fiancée aussi.

Sur la défensive, Ernest bomba le torse, dominant de plusieurs centimètres celui qui, bientôt, ne serait qu'un vieil homme qu'il saurait asservir.

—C'est pas de ma faute si la fille du croque-mort de Saint-Dominique m'haït pas…

Le visage empourpré de Kildare, le mouvement lent et cadencé de ses poings, qu'il serrait et desserrait avec force, démontraient bien qu'il tentait avec peine de dompter la colère qui grondait en lui.

— Si t'es revenu icitte pour mettre la chicane dans la famille, j'aime mieux que tu retournes aux États !

Le sourire sardonique d'Ernest lui fit craindre le pire.

— Chu revenu pour prendre la terre, pis avoir ma dispense. J'vas tout faire pour l'avoir. Même marier la fiancée de mon frère s'il le faut. Vous direz ça au père Gauthier !

Ernest pivota sur ses talons et sortit de la grange.

Kildare baissa la tête, espérant qu'Ernest ne mettrait jamais cette menace à exécution.

Son fils avait énormément changé depuis son séjour en exil. Il était devenu arrogant et peu enclin à se laisser dicter sa conduite. Kildare comprit que son Ernest était désormais un homme dont le seul but était de sauver sa peau et sa liberté. Un lourd sentiment de culpabilité fit courber l'échine du père alors qu'il songeait à son fils cadet qu'il dépossédait de ses rêves.

« J'ai pas le choix. Ernest est l'aîné. C'est à lui que revient la terre. C'est comme ça depuis que le monde est monde », se convainquit-il en retournant auprès de sa jument.

Kildare tira sur la bride du cheval obéissant qui suivit son maître jusque dans la cour où le vieil homme relia les attaches à la carriole. Il releva la tête vers la maison dont les cloisons de bois craquaient sous la chaleur humide, comme une créature de chair et de sang qui s'étire au réveil. Des oiseaux de mauvais augure emplirent son esprit et il les chassa d'un geste de la main, comme il l'aurait fait d'un moustique agaçant. Il dodelina de la tête, referma le tiroir de ses pensées, se hissa prestement dans la voiture avant de s'emparer des rênes qu'il fit claquer sur le dos de la jument qui se mit en marche docilement.

Chapitre 5

La fin des rêves

— Elle veut plus se marier avec moi ?

— Son père veut plus. Elle, je sais pas, précisa Adèle.

Stupéfait, Fernand prit appui sur le dossier de la chaise devant lui. Il s'y agrippa comme un naufragé à une bouée. Des larmes l'aveuglaient. Par orgueil, mais aussi pour ne pas alarmer sa mère, il cacha sa peine en baissant le front. Une douleur amère se mêla à la colère qui le submergeait. Il n'avait jamais envisagé que Madeleine, sa Madeleine, lui fasse ainsi faux bond.

— T'es encore jeune. Tu trouveras quelqu'un d'autre, tenta de le réconforter sa mère.

Le fils chéri leva vers elle un regard si triste que le cœur d'Adèle chavira.

« Pourquoi le destin s'acharne-t-il contre ce garçon si bon et si loyal ? », songea-t-elle.

Il avait pourtant déjà eu sa part de problèmes ! À l'âge de quinze ans, une grave infection aux amygdales lui avait causé une extinction de voix qui avait duré plus de deux mois. L'adolescent avait essayé plusieurs médications qui n'avaient pas guéri ce que les médecins nommaient une « maladie psychosomatique ».

Adèle savait fort bien que cette période de mutisme forcé avait forgé un homme plus taciturne et plus solitaire. Elle se rappelait les longues soirées lorsque, assis en face d'elle, les bras tendus en soutenant un écheveau de laine qu'elle roulait en une boule compacte, muré dans son silence, Fernand gardait les yeux fixés dans la pénombre devant lui.

La mère avait prié pour que ce mystérieux handicap ne fasse pas de son fils un solitaire ou un marginal. Un jour enfin, grâce à des soins constants, sa voix avait à nouveau égayé la maisonnée. Ce trésor retrouvé, Fernand avait fait une promesse à la Vierge Marie et s'était mis à chanter, tous les dimanches, sans exception, dans la chorale de la paroisse.

Fernand était beau. La douceur de ses traits, le tracé fin de ses lèvres et ses yeux, d'un brun intense et étincelant d'intelligence, lui conféraient une beauté toute juvénile. Malgré ses trente ans bien sonnés, il en paraissait huit de moins. Sa petite taille le complexait et il prenait un soin orgueilleux à se tenir bien droit et à relever le menton afin de paraître plus grand. Il portait aussi une attention particulière à ses vêtements et sa coiffure. Plusieurs filles du village le trouvaient élégant, certes, mais un peu trop sérieux à leur goût. Depuis cinq ans, Fernand n'avait d'yeux que pour Madeleine Gauthier et malgré les regards que les jolies filles lui adressaient au sortir de la messe du dimanche, il n'avait jamais osé encourager une simple amitié avec une autre femme.

Fernand tenait à demeurer loyal et intègre en toutes circonstances. Il en faisait une question de principe.

Ce que son frère aîné, visiblement, rejetait du revers de la main…

—Je vais prier pour que ça s'arrange… l'encouragea sa mère, ne trouvant rien de mieux à dire pour mettre un baume sur son chagrin.

— Prier… souffla Fernand. Ça va prendre plus que des prières pour que ma vie retrouve un sens.

Sur ces paroles amères, l'amoureux transi quitta la pièce, le cœur en lambeaux.

Il courut sur le sentier qui menait à la rivière Noire, là où des rapides déboulaient en écume blanchâtre sur les rochers plats que surplombait le barrage. Le jeune homme effectua un tour complet sur lui-même, la tête levée vers le ciel, embrassant du regard le néant qui fondait sur lui. L'espace d'un bref instant, il n'eut plus aucun repère, et eut l'impression d'être suspendu entre ciel et terre. Il tendit les mains vers les nuages, serra les poings et cria son désespoir avant de se laisser choir sur le sol où les fleurs sauvages et l'herbe tendre l'accueillirent. Il s'y agenouilla, conscient que la nature n'autorisait que les forts et les chanceux à gravir les échelons du bonheur.

Fernand pleura longtemps, laissant s'écouler à la fois sa peine et sa colère, s'imprégnant des odeurs et des sons de cet endroit qui était, jusque-là, l'éden où il avait envisagé son bonheur futur. Il tenta d'y retrouver la sérénité dont il avait besoin pour rassembler ses idées, mais ni le bruit de l'eau, ni le chant des oiseaux, ni même la caresse du vent dans ses cheveux ne le consolèrent. La confusion la plus totale régnait dans son cœur et dans sa tête.

« Comment Madeleine peut-elle m'oublier si vite ? Pourquoi ne se bat-elle pas pour sauver notre mariage ? », songea-t-il, amer.

— Elle m'aime pas vraiment, murmura-t-il, défait.

Ce constat lui fit très mal.

Dans ses rêves, il s'était imaginé une vie heureuse sur cette terre où il avait vécu une vie de famille remplie de rires et de chants d'enfants. Il erra un moment dans cette chimère et en tira un réconfort, comme d'un nectar d'une fleur mourante.

— Tu te racontes des histoires… soliloqua-t-il, désespéré.

Des histoires, on en racontait aux enfants pour les endormir. Fernand était désormais un homme, et son sommeil, il ne le savait que trop, serait dorénavant peuplé de cauchemars.

— Encore la faute de cette maudite guerre ! lança-t-il dans le vent.

Sa vie lui échappait. Il ne savait plus que faire ni où aller. La seule pensée de côtoyer son frère Ernest au quotidien lui apparut intolérable.

— C'est lui l'aîné, moi je n'ai droit à rien tant qu'il est là, conclut-il, amer.

Il se mit lentement à genoux et joignit les mains. Il tenta de prier, mais les larmes et la colère revinrent marbrer ses joues et aucune parole ne franchit la barrière de ses lèvres.

Une ombre plana un long moment au-dessus de lui. Un énorme corbeau noir s'approcha de Fernand qui se releva et cala ses mains dans les poches de son pantalon. Un frisson le fit frémir de la tête aux pieds.

— Va-t'en, maudit oiseau de malheur !

Obéissant, l'oiseau le fixa d'un œil torve avant de s'éloigner à tire-d'aile.

Le visage de celui par qui le malheur arrivait s'imprima avec force dans son cerveau en feu et Fernand ne put s'empêcher de le maudire.

— Ernest, maudit traître ! Maudit Caïn ! J'aimerais mieux que tu sois mort ! cracha-t-il.

Jamais encore il n'avait éprouvé pareille haine envers quelqu'un. La seule évocation de ce prénom ouvrait désormais une plaie béante dont Fernand était persuadé qu'elle ne se refermerait jamais.

L'homme essuya d'un geste brusque une larme qui s'accrochait à son menton et posa un regard anxieux sur la ligne d'horizon, devant lui.

Au loin, le soleil caressait les feuilles des chênes centenaires qui bordaient la rivière. Sur la berge opposée, le village de Saint-Pie-de-Bagot alignait ses rues et ses maisons. Les deux clochers de l'église pointaient leurs flèches acérées dans le ciel azuré. Il baissa les yeux vers les rapides au pied de la falaise où, aux beaux jours d'été, les carpes venaient frayer en abondance. L'homme songea un court instant y noyer sa peine dans un élan de désespoir. Ses pieds s'approchèrent dangereusement du bord du gouffre quand un mouvement sur sa droite attira son attention. Deux grands hérons s'envolèrent, remplissant le ciel de leurs cris rauques. Fernand suivit des yeux leur vol majestueux quand il vit, de la manufacture de papier brique de la famille Dufresne où son frère Rosario travaillait comme gardien de la bouilloire, des hommes qui sortaient en criant et en courant dans tous les sens, comme s'ils avaient le diable aux trousses.

Plus encore que cette agitation, Fernand remarqua l'épais nuage de vapeur blanche qui s'échappait des ouvertures pratiquées dans le mur de la manufacture surplombant le barrage.

Mettant de côté sa peine et sa rage, Fernand fit aussitôt demi-tour et courut à perdre haleine sur le sentier menant à la maison paternelle.

Chapitre 6

Le grand brûlé

— Il est pas mort au moins… soupira Kildare en accrochant sa casquette sur un clou près de la porte d'entrée.

— Peut-être pas, mais il souffre sans bon sens, dit Adèle.

— Brûlé à quatre-vingts pour cent… souffla Adrien que la nouvelle de l'accident de son frère Rosario atterrait.

Assis dans le coin de la cuisine, un chapelet entre ses doigts crispés, Marguerite, la femme de l'accidenté, pleurait en silence.

Avertie par une voisine qui revenait de chez le marchand général, Marguerite avait quitté en courant son petit logis de la rue Notre-Dame et s'était précipitée à la manufacture pour apprendre que son mari avait déjà pris le chemin de l'hôpital Saint-Charles de Saint-Hyacinthe. Un des camarades de travail de son mari l'avait raccompagnée chez ses beaux-parents qui habitaient à une dizaine de minutes de marche.

Assis à sa place préférée sur l'avant-dernière marche de l'escalier qui menait à l'étage, Fernand éprouva une pitié immense pour cette femme que le malheur frappait dans ces temps déjà si difficiles de disette et de renoncement. Comme toutes ces femmes soumises à des lois iniques, Marguerite se retrouvait à la merci de son beau-père qui faisait dorénavant office de tuteur pour signer les papiers officiels qu'occasionnaient le séjour à l'hôpital et les multiples chirurgies que Rosario subissait.

Depuis plusieurs années, le mouvement des suffragettes avait fait avancer certains dossiers et les femmes avaient désormais le droit de voter aux élections fédérales et municipales. L'année 1944 marquerait leur premier droit de vote aux élections provinciales. Mais cela n'aidait guère la condition des femmes, qui ne pouvaient pas posséder de biens mobiliers ou immobiliers, signer des chèques et des bons de traite, ou un bail. La loi les affublait encore d'un statut d'inférieures, au même rang que les enfants et les aliénés.

En ce samedi matin funeste pendant lequel les machines fonctionnaient à pleine vapeur, l'accident avait surpris tous les ouvriers occupés à leur besogne. Jamais auparavant la bouilloire n'avait pourtant présenté une quelconque défectuosité. Rien, du moins, qui aurait pu mettre la puce à l'oreille de Rosario qui prenait un soin méticuleux à entretenir l'engin et à repérer les plus infimes anomalies. Le « grand frère », comme le surnommait Fernand, était un homme de confiance et les contremaîtres ne juraient que sur sa compétence depuis au moins dix ans.

Personne n'aurait pu prévoir que la cuve, remplie à ras bord de centaines de gallons d'eau bouillante, allait éclater sans crier gare, entraînant dans ses tourbillons brûlants le corps de celui qui avait, au prix d'efforts surhumains, réussi à sortir de cette étuve d'enfer en nageant jusqu'à la porte, qu'il avait heureusement laissée entrouverte.

*

— Y va-tu mourir ? osa Marguerite, sortant soudain de son mutisme.

— Le docteur qui va l'opérer demain a dit que les organes internes ont pas été touchés. C'est juste sa peau, la rassura Adèle.

— Ou ce qu'il en reste, commenta Adrien en faisant une grimace de dégoût.

— Adrien ! aboya Adèle qui trouvait l'intervention de son fils déplacée.

— Où est-ce qu'ils vont prendre la peau ? demanda Marguerite qui tentait de comprendre comment son mari pourrait sortir de cette opération sans garder des séquelles importantes.

— Le docteur a dit qu'il lui reste de la peau intacte sous les aisselles et entre les cuisses et les fesses. Ça doit être là qu'ils vont la prendre pour la greffer ailleurs, lui répondit Kildare.

— Ils en auront jamais assez pour refaire tout son corps, insista Marguerite.

— Ça va prendre plusieurs opérations et beaucoup de temps, j'imagine... dit son beau-père.

— Il va rester longtemps à l'hôpital ?

— Probablement, répondit Kildare en allumant une pipe de maïs préalablement bourrée de tabac odorant.

Marguerite s'était remise à pleurer en silence tout en égrenant frénétiquement son chapelet. La porte s'ouvrit brusquement et Ernest entra comme un coup de vent dans la pièce.

— Y paraît que Rosario a eu un accident ? demanda-t-il comme s'il tombait des nues.

— Oui, et c'est pas mal grave... précisa Kildare.

À l'arrivée du traître, Fernand se leva précipitamment et marcha vers la patère où étaient accrochées sa veste et sa casquette de tweed brun.

— Où vas-tu ? interrogea sa mère.

— Prendre l'air !

— T'es pas encore revenu de ta peine d'amour, le p'tit ? le taquina méchamment son frère aîné.

Maîtrisant avec peine sa colère, Fernand se contenta de lui lancer un regard froid.

— Laisse-le tranquille ! ordonna Adèle.

Sans demander son reste, Fernand sortit de la maison.

*

Fernand marcha longtemps sur la route sablonneuse. À un carrefour, le vent souleva un nuage de poussière et il ferma les yeux pour se protéger. Lorsqu'il les rouvrit, il vit une jeune fille qui s'engageait sur le pont reliant le chemin de fer d'une rive à l'autre de la rivière Noire. Il voulut rebrousser chemin pour ne pas avoir à échanger des politesses avec cette inconnue, mais la curiosité le fit emprunter à son tour le pont de fer.

Devant lui, la robe de cotonnade blanche tachetée de minuscules fleurs rouges flottait au gré du vent taquin, se soulevant et découvrant une paire de jambes magnifiquement galbées. Des boucles châtain foncé tombaient sur des épaules menues surmontant une taille fine, cintrée d'une délicate cordelette de la même couleur que les fleurs de la robe.

Fernand gardait une bonne distance, s'arrêtant même un moment pour sortir de sa poche un jouet de sa fabrication, un gros bouton à deux trous dans lesquels il avait passé une corde de boucher. Il tira aussitôt sur les bouts de la ficelle, écartant les mains, comme l'aurait fait un joueur d'accordéon, actionnant le mécanisme qui fit tourner le bouton sur lui-même.

Il entendit soudain un petit cri et se tourna vers l'inconnue qui s'était agenouillée. Il se précipita aussitôt vers elle.

— Vous vous êtes fait mal ? hasarda-t-il quand il fut à sa hauteur.

La jeune femme se retourna dans un sursaut et le dévisagea, apeurée.

Fernand fut aussitôt captivé par les iris couleur d'herbe tendre dans lesquels brillaient des petites étoiles ambrées.

— Excusez-moi si je vous ai fait peur. Vous êtes blessée ?

L'interpellée se releva vivement et replaça les plis de sa robe d'un geste nerveux. Elle gardait le front baissé, gênée de s'être fait prendre dans une si fâcheuse position. Elle posa une main aux ongles recouverts d'un vernis vermeil sur son ventre et se tourna enfin vers Fernand.

— Non, je suis pas blessée. Tout va bien. C'est mon talon qui s'est pris dans un trou et…

— C'est pas le genre de chaussures qu'il faut pour marcher sur les traverses, commenta Fernand en regardant les fines sandales de cuir tressé.

— J'ai pas fait assez attention, commenta-t-elle d'une voix flûtée.

— Vous êtes nouvelle par ici ?

— En visite seulement. Chez ma cousine, Jeanne Forcier. Vous la connaissez ?

— Oui, je la connais, répondit simplement Fernand qui avait entendu maintes fois parler de cette jeune commère qui se plaisait à faire circuler des rumeurs sur les jeunes gens de son âge.

— Bon, bien… bonjour ! dit-elle en faisant mine de reprendre sa route.

— Bonne journée ! répondit Fernand.

Il fit mine à son tour de prendre congé, mais s'arrêta et lui demanda :

— Puis-je savoir votre nom ?

— Henriette Camirand.

— Moi, c'est Fernand Dupré.

— J'ai été contente de vous rencontrer, conclut la jeune femme.

— Moi aussi.

Sans un mot de plus, Henriette tourna les talons et s'engagea lentement sur le pont en faisant bien attention cette fois où elle posait les pieds.

Fernand la regarda s'éloigner un moment, admirant la grâce de ses bras quand, dans un équilibre précaire, elle les levait, telles des ailes couleur d'ivoire.

Il compara un instant cette silhouette fine et élancée à celle, plus ronde, de Madeleine Gauthier.

« Il y a d'autres femmes », susurra une voix au fond de lui.

— D'autres femmes, peut-être, soliloqua-t-il, mais c'est une seule femme que je veux. Une épouse pour fonder une famille avant que la conscription me tombe dessus.

Henriette Camirand disparut derrière un bosquet de cèdres qui délimitait le terrain adjacent à une des résidences longeant la voie ferrée et la rivière.

Fernand rebroussa chemin sans hâte, bien décidé à remiser son rêve de mariage dans un recoin secret de sa mémoire ; le temps d'accepter les caprices du destin.

Le destin…

Fernand allait devoir s'y résigner. Il n'avait guère le choix. Sauf peut-être celui de s'octroyer un peu plus de bon temps. N'était-il pas désormais libre de tout engagement ? Il entendait bien en profiter pour déroger aux responsabilités qu'il avait scrupuleusement respectées depuis sa plus tendre enfance. Lui, le garçon modèle, allait lâcher son fou. Il irait en ville, sortirait avec les copains, jouerait aux cartes, boirait et s'amuserait autant qu'il le pourrait. Le temps que sa peine et sa déception disparaissent…

Il jeta un coup d'œil par-dessus son épaule et se surprit à espérer que la fille aux yeux verts soit encore là. Le vide des lieux le frappa tout autant que l'étrange tristesse qui s'emparait de son âme.

—Je finirai pas vieux garçon ! Ça c'est certain ! souffla-t-il dans l'air saturé d'humidité.

L'idée de devoir vivre sous le même toit que son frère Ernest lui apparut insoutenable. Le temps était venu de partir. Il en était convaincu.

Chapitre 7

Henriette

Henriette avait marché sans se retourner. Elle avait longtemps senti le regard de Fernand posé sur elle et en avait ressenti une certaine gêne. Du plat de la main, elle dompta les plis de sa robe qu'un vent taquin soulevait et fut contente d'avoir choisi la nouvelle robe que son frère Gaston lui avait achetée, au magasin Dupuis Frères de Montréal, où il travaillait comme concierge.

«Au moins t'as pas eu l'air d'une pauvresse devant cet étranger», songea-t-elle.

Depuis que sa mère avait été hospitalisée pour une chirurgie au rein droit, Henriette s'en remettait à son frère aîné qui s'occupait dorénavant des besoins de la famille. C'est d'ailleurs lui qui avait remplacé leur père quand ce dernier avait été emporté par la tuberculose, quelque dix ans auparavant. Clara, sa mère, avait surmonté cette épreuve avec beaucoup de courage, d'autant plus que son mari lui avait laissé une large part de dettes contractées auprès des différents tenanciers, chez qui il se retrouvait presque tous les samedis pour se soûler et payer la tournée à ses compères maquignons qui, comme lui, préféraient la compagnie de la bouteille à celle de leur femme et de leurs enfants.

Henriette se rappelait les éclats de voix alors que, recroquevillée en haut de l'escalier, elle assistait, impuissante, aux incessantes querelles de ses parents. Elle avait encore en mémoire le tisonnier que sa mère brandissait devant elle afin de repousser les assauts de son ivrogne de mari que la bagosse, cet alcool contrefait dont il se délectait, rendait fou furieux. Petite fille, elle se bouchait les oreilles pour ne pas entendre les injures dont Ovila abreuvait Clara. Elle fermait les yeux aussi pour ne pas voir les coups échangés, les chemises déchirées, les chevelures décoiffées.

Henriette aimait sa mère de tout son cœur. Elle lui était entièrement dévouée, préférant le célibat au mariage afin de ne pas la laisser seule dans cette maison où la pauvre avait connu l'enfer.

— Tu vas finir vieille fille ! la taquinaient souvent ses sœurs Marie-Louise, Aline et Rose-Aimée qui, elles, ne manquaient jamais une occasion d'aller s'amuser au village.

L'hiver, les glissades sur les pentes enneigées ou le patinage sur les étangs gelés attiraient les jeunes gens en quête de rencontres amoureuses tandis que l'été, au son des musiques entraînantes de Duke Ellington ou de Glenn Miller, ils dansaient le swing ou le balboa, une nouvelle danse à la mode, proche du tango, et au cours de laquelle les filles et les garçons se serraient l'un contre l'autre sans pudeur. Pendant ces heures heureuses où les voix envoûtantes de Frank Sinatra et de Tino Rossi retentissaient, les jeunes pouvaient oublier leur misère.

Le rêve était permis…

— C'est pas en me collant sur un garçon, comme vous le faites, que je vais me trouver un bon mari ! leur disait-elle souvent, acerbe.

À vingt-cinq ans, Henriette avait largement dépassé l'âge de rêver. Les quelques garçons qui lui avaient fait la cour ne l'avaient pas intéressée. Les samedis et les dimanches soirs, la jeune femme se retrouvait la plupart du temps à la maison, à terminer du raccommodage ou du repassage pour aider sa mère.

Depuis sa plus tendre enfance, le village de Roxton Falls avait été son seul univers. La ferme familiale d'abord, avec sa maison au toit rouge dont la pente était si accentuée que la neige n'y tenait pas, les longues galeries donnant sur la cour et les bâtiments de ferme où elle aimait tant jouer quand elle était enfant, et surtout la petite chambre qu'elle partageait à l'étage avec sa sœur Liliane, de deux ans son aînée et qui s'était mariée depuis peu. Tous ces lieux, elle en gardait des souvenirs précieux.

*

Le chant des rapides de la rivière Noire sous ses pieds lui rappela celui des chutes de Roxton Falls, hautes de plus de trente pieds, et dont le barrage fournissait de l'électricité au moulin à scie et à la manufacture de portes et châssis où travaillaient ses deux frères Louis et Marcel.

Aux beaux jours de l'été, Henriette aimait aller se reposer sur les berges, sous le pont de fer qui enjambait le cours d'eau rugissant, poussant parfois l'audace jusqu'à s'étendre sur un des rochers plats que le soleil avait chauffé. Adolescente, elle y avait relevé sa jupe à plusieurs reprises, offrant sans pudeur la peau de ses cuisses aux chauds rayons du soleil.

La jeune femme se trouvait bien sage, comparée à ses sœurs plus aventureuses et moins pudiques.

— C'est la faute de la guerre… répétaient souvent ces dernières.

Comme si la guerre nourrissait à la fois la folie et la sagesse, l'envie et l'attente de sa génération qui subissait la tourmente.

La tourmente…

Elle avait pris place dans la vie d'Henriette dès les premiers signes de la maladie de sa mère.

« J'ai bien peur que l'infection du rein ne se propage dans le reste du ventre », avait dit le médecin après l'opération qui l'avait amputée de son rein droit.

Hospitalisée à l'hôpital Saint-Charles de Saint-Hyacinthe, Clara souffrait toujours et son état se détériorait vite, laissant présager le pire.

Henriette pensa à sa sœur cadette Estelle qui, la semaine précédente, avait fondu en larmes quand Gaston leur avait appris la triste nouvelle...

— J'ai vendu la maison. C'était la seule manière de payer les dettes de maman, leur avait annoncé celui qui, selon la loi, devenait le tuteur de ses sœurs qui n'avaient pas encore trouvé de mari.

Il avait porté un biscuit Whippet à sa bouche sans les regarder, mal à l'aise.

Un silence rempli d'appréhension avait plané sur le trio rassemblé pour la dernière fois dans la petite cuisine de la rue de la Rivière qui avait abrité aux beaux jours anciens les rires et les pleurs des enfants Camirand.

La guerre poussait les familles à éclater prématurément.

Depuis le début janvier, les trois sœurs aînées d'Henriette s'étaient mariées, comme beaucoup de jeunes couples qui craignaient que leur amour ne supporte pas une séparation causée par l'enrôlement obligatoire. Ne restaient plus désormais qu'elle et Estelle à caser, puisque Gaston logeait déjà à Montréal.

— Je vous ai trouvé une chambre en ville, pas loin de chez moi, juste au coin de Rachel et Bordeaux, avait-il annoncé.

Le cœur d'Henriette avait bondi dans sa poitrine.

Montréal…

Elle avait entendu les meilleures et les pires choses sur cette ville bruyante, sale et remplie de miséreux. On lui avait raconté aussi le travail dans les usines d'armement où la poussière pouvait, en une seule journée, vous recouvrir de la tête aux pieds.

— C'est loin de Roxton Falls, ça ? avait demandé Estelle les yeux brillants d'excitation.

— Très loin… avait répondu Henriette en baissant la tête pour cacher les larmes qui lui picotaient les yeux.

La jeune femme s'était levée. Elle avait la gorge nouée et les mains moites. Un sentiment de vertige l'avait fait chanceler. L'émotion qui l'avait terrassée soudain n'avait d'égale que la peur d'un avenir inconnu voué à la misère.

« Sois courageuse ! Pense à Estelle ! Tu ne dois pas lui montrer ta peine », lui avait susurré la voix de la raison.

— Où est-ce qu'on va travailler ? Pas dans une factrie au moins ? avait lancé Henriette à l'adresse de son frère.

— À la buanderie de l'hôpital Pasteur, sur la rue Sherbrooke Est. Tu travailleras sur une presse à vapeur ! C'est bien payé !

— Et moi ? avait demandé Estelle. À seize ans, je suis assez vieille pour travailler moi aussi.

— Au même hôpital, mais pour faire du ménage. Ça paye trois piastres par semaine. Vous aurez chacune un dimanche de congé sur deux, mais peut-être pas le même, par contre.

— Les dimanches, on n'a pas le droit de travailler ! Tu le sais bien ! C'est la loi ! s'était insurgée Henriette.

— La loi concerne les manufactures et les commerces, pas les hôpitaux, les restaurants et les autres services, avait répliqué Gaston d'un ton cassant. Pis fais pas ta mère supérieure ! Je fais ce que je peux pour vous autres. Mon gros possible, tu sauras. Je veux surtout pas de remontrances…

D'un geste vif, il avait dévoré un second biscuit.

Henriette était revenue prendre place à table et avait posé une main sur celles, jointes, d'Estelle.

— On n'ira pas à Montréal, laissa-t-elle tomber sous le regard étonné de son frère.

— Qu'est-ce que tu dis ?

— Qu'Estelle et moi on n'ira pas vivre à Montréal.

— Pis les jobs que je vous ai trouvées ?

— Je te remercie, mais j'aime mieux me trouver un emploi plus près d'ici. À Saint-Hyacinthe, par exemple. On sera proche de tante Germaine et de la cousine Jeanne aussi.

— À Saint-Hyacinthe ? Y a rien que des manufactures de textile…

— Justement, j'aimerais mieux travailler sur une machine à coudre que sur une presse à vapeur.

— Je te comprends pas, Henriette. Tu disais tantôt que tu voulais pas travailler dans une factrie.

— Y a juste les fous qui changent pas d'idée, disait maman.

— Pis où est-ce que vous allez loger ?

— Je sais pas encore, mais je vais trouver. T'inquiète pas pour nous.

Gaston avait acquiescé en silence, bien content au fond de se libérer de ces deux sœurs qu'il trouvait parfois encombrantes et qui lui volaient de précieuses heures de loisir.

Henriette matait tant bien que mal la peine qui la submergeait.

*

Ce début d'automne était bien différent de tous ceux qu'Henriette avait connus jusque-là. Plus de moissons dans les champs, plus de conserves à préparer, plus de ces bonnes odeurs de ketchup rouge, de relish de concombres, de betteraves marinées et de compote de pommes. Plus de soirées tranquilles, à la lueur de la lampe électrique, à broder des nappes et des mouchoirs en compagnie de sa mère et de sa petite sœur. L'année 1943 n'était pas seulement celle de la conscription, mais surtout celle qui resterait dans les souvenirs d'Henriette comme annonçant la fin d'un monde.

Son monde…

Elle songea un instant aux trois demandes en mariage qui lui avaient été faites par de gentils garçons qui ne voyaient dans cette union que l'unique manière d'échapper à l'enrôlement obligatoire. Certains avaient même préféré revêtir la soutane des frères du Sacré-Cœur de Jésus plutôt que l'uniforme de soldat.

Son frère Gaston y avait pensé. D'ailleurs, Henriette ne l'avait jamais vu courtiser une fille. Pourtant, son aîné était un très bel homme. Raffiné et toujours élégant, il aimait se montrer sous son meilleur jour, même quand il travaillait. Certaines mauvaises langues disaient que Gaston Camirand préférait la compagnie des garçons. Henriette n'accordait pas foi à ces ragots colportés par des jalouses qui ne réussissaient pas à dompter le caractère indépendant de son aîné.

Henriette se rappela l'unique fois où elle avait accompagné Gaston dans les grands magasins de la Plaza Saint-Hubert. Comme elle était fière de se balader à son bras sous les regards envieux des passantes ! Elle se souvint du magnifique manteau en laine de cachemire beige qu'il lui avait demandé d'essayer. Des souliers bleu ciel aussi, avec des talons si hauts qu'elle avait eu peur de tomber quand elle les avait chaussés. Hélas, la réalité l'avait vite rattrapée et avec elle la tristesse de ne pouvoir espérer se procurer d'aussi belles choses ! Encore aujourd'hui, pour les mois à venir, elle devrait se contenter de rêver et de subvenir à ses besoins et à ceux de sa cadette.

« Tu dois bientôt te trouver un mari, si tu veux assurer ton avenir. Dans peu de temps, il sera peut-être trop tard… », murmura une petite voix.

Le visage juvénile de Fernand Dupré s'imposa alors à elle et coupa court à ces souvenirs moroses.

« Quel âge a-t-il ? Est-il déjà marié ? Ou fiancé… », songea-t-elle.

« Il est peut-être la seule solution à ton problème », proposa encore la voix de sa conscience.

L'idée de le revoir prit soudain toute la place et elle hâta le pas vers la maison où Jeanne, debout sur le perron, lui faisait des grands signes de la main.

— Dépêche-toi ! lui dit sa cousine aussitôt qu'elle posa le pied sur la galerie. Ton frère vient de téléphoner de l'hôpital. C'est ta mère…

Chapitre 8

L'avenir

Octobre avait coloré les forêts d'ocre et de rouge. La montagne surplombant Saint-Paul-d'Abbotsford, que Fernand apercevait par la fenêtre de sa chambre, avait revêtu ses plus beaux atours. Au bout de la terre, au pied d'une petite colline, deux chevaux paissaient sous un bosquet de hêtres écarlates.

L'homme fouilla dans le tiroir de sa commode et toucha enfin du bout des doigts le cadre de bois. Il sortit la photographie encadrée de Madeleine qu'il avait enfouie sous les mouchoirs de coton, comme si ce geste naïf pouvait lui faire oublier celle qui avait pourtant peuplé ses rêves les plus fous. Il la plaça sur le dessus du meuble d'érable clair et fixa un long moment le visage souriant de la traîtresse.

Une grande tristesse l'étreignit.

Madeleine n'avait pas remis les pieds à la ferme et Fernand n'avait pas non plus tenté de la revoir. Romain

Chagnon, un ami d'enfance rencontré au village, lui avait mentionné l'avoir vue à Saint-Hyacinthe. Romain s'était cependant bien gardé de lui préciser qu'il l'avait aperçue au bras d'Ernest. Ç'aurait été trop cruel et l'ami ne voulait pas alourdir la peine de celui dont on racontait qu'il cachait son malheur sous une gracieuse désinvolture.

Partout à Saint-Pie, on respectait le jeune homme dont la voix chaude accompagnait les prières des fidèles à la grand-messe du dimanche.

Fernand tendit la main et dessina timidement du bout des doigts la rondeur des joues puis le contour des lèvres.

« À qui les offre-t-elle désormais ? », songea-t-il, amer.

Ces pensées moroses le meurtrirent, comme s'il avait frotté du sel sur une plaie ouverte. La souffrance le poussa à murmurer des paroles malfaisantes qu'il n'hésita pas à laisser franchir la barrière de ses lèvres. Mais il s'en repentit aussitôt.

« Laisse-toi juste un peu de temps… », lui répétait souvent sa mère.

Hélas, le temps s'étirait, rendant le jour suivant encore plus vide et plus malheureux que le précédent. Les sentiments douloureux et amers qui l'accablaient annihilaient tous ceux, joyeux, qui auraient pu mettre un baume sur sa blessure.

« On meurt pas d'amour », lui avait encore dit sa mère.

— L'amour… souffla-t-il en replaçant le cadre dans la cachette.

Fernand se demanda s'il pourrait encore aimer. Il ne faisait plus confiance aux chimères de l'amour. Des larmes lui montèrent aux yeux et il essuya d'un geste rageur celles qui s'accrochaient déjà à ses cils.

— Qu'elle aille au diable, l'hypocrite !

Ce trait de caractère de son ex-fiancée, il se rappela clairement l'avoir décelé et surtout ne l'avoir jamais vraiment supporté. Il caressa cette pensée, ravi d'avoir enfin trouvé un mauvais souvenir d'elle.

S'éloignant de la commode, il fit le court trajet vers le placard où étaient suspendues ses deux uniques chemises blanches, repassées par les bons soins de sa mère. Il s'empara de l'une d'elles et l'enfila. Il lorgna vers la commode à la recherche des deux brassards métalliques qui retenaient les manches trop longues que les tailleurs confectionnaient toujours dans une taille universelle et s'empressa d'en entourer ses biceps qui saillaient sous le coton blanc. Puis ce fut le tour du pantalon de serge marine qu'il enfila en un tournemain. Il ajusta les bretelles, s'assura qu'elles étaient bien fixées aux rebords de sa ceinture, s'empara du veston assorti qu'il déposa enfin sur la chaise non loin de la porte.

*

Ce n'était pas dimanche, mais c'était un samedi pas comme les autres. Fernand accompagnait Marguerite à l'hôpital Saint-Charles de Saint-Hyacinthe, où son frère Rosario avait été hospitalisé quelques jours plus tôt, le temps d'une très longue convalescence.

Fernand examina un moment la peau de sa main et fut pris d'une angoisse sans nom à l'idée de voir les chairs mutilées de son frère. Il aurait bien aimé se soustraire à cette visite, mais la pauvre Marguerite faisait si peine à voir qu'il n'avait pas su refuser quand elle lui avait demandé de la soutenir dans cette épreuve.

—Je sais pas de quoi il a l'air. La dernière fois, à Montréal, sa peau était recouverte de gaze et de pansements, mais le docteur a dit qu'il les lui enlevait cette semaine, avait-elle précisé, les yeux remplis d'effroi. Sa peau sera visible…

La pauvre n'avait pu terminer sa phrase, un sanglot prenant d'assaut sa fragile résistance.

Fernand fixa le miroir ovale qui lui renvoya son image. Du plat de la main, d'un geste machinal, il lissa sa chevelure séparée sur le côté par une raie bien droite, releva le menton et vérifia s'il ne restait pas quelques poils rébarbatifs qui auraient échappé au rasoir. Ses prunelles plongèrent dans celles qui le dévisageaient intensément.

— Courage ! s'exhorta-t-il.

Fernand inspira profondément et se dirigea vers la porte de sa chambre. Sa main happa au passage le veston et le chapeau melon noir, cadeau de son parrain Euclide, et il sortit sans plus attendre.

*

Un mois s'était écoulé depuis l'accident de Rosario.

Marguerite se faisait un devoir d'aller lui rendre visite le plus souvent possible, grâce surtout à l'aide inestimable de Pierre Chenevert, le cordonnier du village qui possédait une voiture. Veuf depuis près d'un an, monsieur Chenevert avait troqué ce service de chauffeur contre les talents de cuisinière et de ménagère de la femme du grand brûlé, comme l'on désignait dorénavant l'infortuné blessé.

À bord de la voiture qui empruntait déjà le petit rang Saint-François, les trois passagers discutaient de tout et de rien.

— Comme ça, tu vas commencer à travailler à la manufacture de chaussures ? demanda le cordonnier.

— J'ai pas ben le choix… Surtout si, comme la rumeur le raconte, le maire de Saint-Hyacinthe refuse de donner le secours direct aux chômeurs, se plaignit Fernand.

Adrien lui avait raconté qu'après avoir cherché du travail au village de Saint-Pie, il s'était fait dire d'aller à Saint-Hyacinthe où, paraissait-il, on engageait plusieurs hommes comme lui.

— T.-D. Bouchard a de grands projets qui nécessitent une importante main-d'œuvre, répliqua le conducteur. La construction d'un stade, l'aménagement d'un garage municipal, le déneigement des rues à la pelle durant l'hiver et la casse des cailloux à la main pour les travaux de la voirie, ça se fait pas tout seul. Pis c'est du travail très dur !

— Vous avez ben raison, approuva Fernand. En plus, y paraît que c'est pas payant…

— Vous autres, les jeunes, vous pensez juste à gagner de l'argent. Tu devrais entrer au Séminaire de Saint-Hyacinthe pis faire des études.

— Je veux pas être curé !

— Personne t'oblige à porter la soutane. Prends moi, par exemple, j'ai étudié la rhétorique et la philosophie, se vanta-t-il comme il le faisait chaque fois qu'il en avait l'occasion.

À un virage, le chauffeur se concentra un moment sur une voiture qui venait en sens inverse et il évita de justesse une giclée d'eau boueuse qui aurait pu maculer son pare-brise.

— Les routes sont tellement mauvaises après les grosses pluies d'hier. Ça salit les chars sans bon sens !

Je me demande bien quand le responsable de la voirie va voir à ça, ces nids-de-poule-là… se lamenta-t-il.

Il fit une pause, renifla, jeta un coup d'œil dans son rétroviseur et observa discrètement Marguerite qui regardait le paysage défiler par la fenêtre d'un air absent.

— L'instruction, on n'en a jamais assez, continua-t-il comme dans une litanie. Moi, j'aurais bien aimé m'instruire davantage mais, que veux-tu, on privilégiait ceux qui voulaient devenir prêtres ou frères ou encore dont les parents étaient riches. Moi, j'étais pas riche et j'aimais déjà une femme…

Il ponctua cette révélation d'un petit rire gêné qui fit baisser la tête à Marguerite assise sur le siège arrière de la belle Chevrolet noire aux sièges en tissu rouge et brun. Les pare-chocs chromés reluisaient grâce aux soins attentionnés de son propriétaire qui aimait bien «faire le taxi», comme il s'amusait à le dire.

«Ça accommode les gens de la campagne et moi, ça comble mes heures creuses», expliquait-il à ses clients, avouant ainsi sa difficulté à vivre son veuvage.

— Je suis trop vieux pour étudier, déclara Fernand.

— On n'est jamais trop vieux pour apprendre, surtout pas à vingt ans.

Fernand éclata de rire.

— J'ai déjà trente ans.

— Seigneur que tu ne les parais pas ! s'exclama le cordonnier.

— Je les ai quand même, confirma Fernand en riant de plus belle.

— L'armée t'a pas encore appelé pour ton examen médical ?

Un silence lourd plana un moment dans la voiture.

— Pas encore… souffla Fernand dont le sourire avait disparu.

— Mouais… M'est avis qu'une belle lettre de notre bon gouvernement t'arrivera sous peu.

Marguerite toussa, ce qui fit tourner la tête des deux hommes simultanément.

— Ça va ? s'enquit Fernand.

— Oui, oui, merci… Un picotement dans la gorge. Rien de grave…

— Voulez-vous une paparmane, madame Dupré ? demanda le conducteur en tendant un petit contenant de verre dans lequel le rose alléchant des bonbons convainquit la passagère d'en prendre un.

— Merci ! dit-elle avant de le déposer sur sa langue.

Monsieur Chenevert tendit le bocal à Fernand qui refusa d'un geste de la main.

Depuis plusieurs minutes déjà, la voiture avait quitté le calme des chemins de campagne et empruntait les routes sinueuses de la ville. Les passagers avaient eu la chance de contempler le barrage de la

Penman's Limited en passant sur le pont Bourdages. Les édifices qui le surplombaient donnaient à eux seuls la mesure de cette grande industrie qui assurait un essor considérable à l'économie de la ville et de ses habitants.

L'effort de guerre payait, mais pas tout le monde également. Les riches patrons d'entreprise faisaient travailler les gens du peuple à des salaires de misère et empochaient des profits faramineux.

— Nous voilà arrivés ! lança le conducteur en garant sa voiture devant un bâtiment de quatre étages en briques rouges et dont le portail, pareil à un phare surmonté d'une croix de fer, formait une avancée pour recevoir les visiteurs.

Fernand s'empressa de sortir de la voiture et alla galamment ouvrir la portière arrière à Marguerite.

— Je reviens vous chercher dans une heure ? demanda monsieur Chenevert.

— Dans une heure ce sera parfait, décréta Fernand.

Il tendit le bras à Marguerite qui s'y accrocha d'un geste nerveux en poussant un profond soupir.

— Ça va ? demanda-t-il encore en observant le profil délicat de sa belle-sœur qui acquiesça de la tête en crispant sa main gantée de cuir sur son petit sac à main.

Fernand savait que, malgré son sens du devoir, la femme de Rosario vivait chaque visite comme un véritable calvaire.

*

Un soir, alors qu'ils étaient seuls dans la cuisine de la maison des Dupré où elle résidait toujours, Marguerite s'était confiée à Fernand, lui expliquant qu'il lui était de plus en plus difficile d'être en présence de son mari.

— J'ai vu la peau de son poignet… Elle est de toutes les couleurs… Et son odeur… c'est… insupportable, avait-elle déclaré avant de grimacer de dégoût.

Fernand avait posé sa main sur le bras de Marguerite. Il savait que la métamorphose de celui qu'elle avait aimé était totale et immuable et que la femme de quarante ans pourrait difficilement supporter la laideur de son mari au quotidien.

— Je… je sais plus si je pourrai le regarder sans avoir des haut-le-cœur… avait-elle avoué dans un souffle, faisant ainsi écho à ses pensées.

— Ça va aller. Tu vas t'habituer… l'avait-il réconfortée sans vraiment y croire lui-même.

Bras dessus, bras dessous, Fernand et Marguerite franchirent les portes de l'hôpital et avancèrent dans le long corridor qui menait aux escaliers.

Chapitre 9

La promesse

Comme tous les weekends, les visiteurs étaient nombreux. Les religieuses-infirmières se frayaient un chemin parmi tous ces étrangers, leur cornette remuant au gré des courants d'air provoqués par les portes qui s'ouvraient et se fermaient sans arrêt. Le flot continu des parents et amis venus dire un mot d'encouragement à l'un des leurs ne les empêchait pas de continuer leur besogne.

L'une d'elles passa près du couple, une bassine remplie d'un liquide jaunâtre entre les mains. Fernand et Marguerite portèrent instinctivement une main à leur nez afin de se soustraire aux miasmes qui s'étiraient derrière la femme dévouée aux indigents.

Arrivé au deuxième étage, le couple bifurqua vers la droite et longea un nouveau corridor étroit et percé de multiples portes. Marguerite précéda son beau-frère et le distança de quelques pieds quand une jeune femme sortant d'une chambre s'interposa entre eux.

— Henriette ! ?

L'interpellée releva la tête et aperçut le visage rayonnant de Fernand.

— Qu'est-ce que vous faites ici ? s'enquit-il, surpris.

— C'est maman…

Henriette n'eut pas le temps de terminer sa phrase lorsque Estelle surgit à ses côtés.

— Gaston te demande, dit cette dernière.

Elle regarda d'abord Marguerite qui attendait, puis Fernand.

— C'est qui ?

— Un ami, répondit Henriette.

Gaston s'encadra dans la porte de la chambre.

— Je dois parler au docteur. Peux-tu rester avec maman ? demanda-t-il à sa sœur.

— Oui.

— Je vais avec toi ! dit Estelle en emboîtant le pas à son frère.

Demeurée seule, Henriette fit mine de prendre congé quand Fernand la retint.

— Aimeriez-vous que je reste avec vous, le temps que votre frère et votre sœur reviennent ? demanda-t-il d'une voix douce.

— C'est pas nécessaire. Je veux surtout pas vous déranger…

—Vous me dérangez pas. De toute façon, une seule personne à la fois peut rendre visite à Rosario. Pas vrai, Marguerite?

Celle-ci comprit aussitôt la demande silencieuse.

—Je vais y aller en premier. Tu me rejoindras quand tu auras fini, laissa-t-elle tomber avant de prendre congé.

Fernand se tourna vers Henriette.

—C'est la femme de mon frère. Il a eu un accident de travail.

—Mon Dieu, j'espère qu'il s'en sortira.

—Je pense qu'il est hors de danger maintenant, la rassura Fernand. Par contre, je sais pas quand il va pouvoir sortir de l'hôpital. Sa convalescence peut être très longue. Une chance que la Loi sur les accidents de travail oblige les patrons à verser des dédommagements à leurs ouvriers victimes d'accidents. Sinon, je sais pas comment il s'en sortirait. Il est pas riche, riche...

—Pour nous c'est pareil, c'est le gouvernement qui paye le séjour à l'hôpital de maman et les honoraires du chirurgien aussi. Sans ça, elle n'aurait pas de soins.

À pas feutrés, Henriette entra dans la chambre, suivie de Fernand qui resta muet.

—Maman... commença la jeune femme quand elle fut près de la malade. On a de la belle visite. C'est monsieur Fernand Dupré.

— Bonjour, madame Camirand, dit-il en s'approchant du lit à son tour.

— Bonjour, monsieur. Je suis heureuse de vous rencontrer.

Clara regarda sa fille qui se tenait bien droite, les deux mains jointes sur son ventre.

— Tu m'avais pas dit que tu fréquentais un homme…

— C'est un ami seulement, se défendit Henriette en cachant mal la gêne qui l'assaillait.

Clara délaissa le visage de sa fille et examina celui de Fernand qui la dévisageait.

— Vous êtes d'où ?

— De Saint-Pie-de-Bagot.

— C'est un beau village, à ce qu'il paraît.

— La campagne aussi est très belle.

— Et qu'est-ce que vous faites dans la vie ?

— Je vais travailler dans une manufacture de chaussures.

— Vous êtes marié ?

— Maman ! C'est indiscret des questions comme ça ! s'indigna Henriette.

— Ben quoi ? C'est une question qui se pose, pas vrai, monsieur Dupré ? dit-elle, prenant à témoin Fernand dont le malaise s'accentuait.

— Bien sûr ! répondit-il.

— Bon, tu vois !

— Non, madame, je suis pas encore marié.

Henriette, qui ne savait plus à quel saint se vouer, se mit en frais de replacer la couverture de sa mère qui avait glissé sur le côté du lit.

— Peux-tu aller me chercher un verre d'eau, j'ai soif, demanda sa mère.

— Je peux y aller, si vous voulez, offrit galamment Fernand.

— Non, non, restez, Henriette sait où aller, le retint Clara.

Henriette obtempéra, sans rouspéter.

Une fois qu'ils furent en tête-à-tête, la malade en profita pour se confier à celui qui, elle en était convaincue, constituait la preuve que ses prières avaient été entendues. Cette visite n'avait rien d'anodin. Et elle devait saisir l'occasion, sinon il serait trop tard.

— Monsieur Dupré, je sais qu'il ne me reste pas beaucoup de temps à vivre. Mon rein s'infecte de plus en plus et la mort m'attend. J'aimerais que vous me promettiez quelque chose.

— Quoi donc ? demanda Fernand, quelque peu inquiet de la tournure que prenait cette rencontre fortuite.

— Henriette est une bonne fille. Elle mérite pas de vieillir seule. Promettez-moi que vous l'épouserez.

Interloqué, Fernand ne sut que répondre. Comment pourrait-il promettre pareille chose ? À une inconnue par surcroît ! Il mit cette étrange requête sur le compte de la maladie. Comment savoir ce qui peut passer par la tête de quelqu'un dont la fin est proche ?

Les yeux couleur de ciel d'été se braquaient sur lui avec conviction. Dévotion, même… Il crut apercevoir des larmes scintiller aux coins de ceux-ci et baissa les paupières, troublé.

— Vous devez sûrement me prendre pour une vieille folle…

— Non, non, pas du tout !

— Promettez-moi au moins que vous y réfléchirez… implora une dernière fois Clara Camirand en tendant une main tremblante vers Fernand.

— Je vous promets d'y réfléchir, la rassura-t-il en s'emparant de la main sillonnée de veines bleues.

Il scella sa promesse d'un sourire franc.

— Vous avez l'air d'un bon garçon, déclara Clara. J'ai confiance en vous. Dieu vous guidera…

Au moment où Henriette entra, Fernand relâcha son emprise sur la main de la malade qui la porta à son ventre en grimaçant.

— Je vais vous laisser, je dois aller voir mon frère avant que les religieuses ne viennent me dire que le temps des visites est terminé, dit Fernand en se pressant vers la porte. Bonjour, madame Camirand.

Un sourire radieux étira les lèvres de Clara.

— Je vais prier pour vous. Adieu, monsieur Dupré, conclut-elle.

Chapitre 10

La discorde

Les champs moissonnés étiraient leurs tiges coupées au soleil tiédissant. Les labours détrempés par les lourdes pluies d'octobre exhalaient une forte odeur de terre mouillée.

En plus des heures passées à la manufacture de chaussures et malgré la présence d'Ernest, Fernand avait participé aux corvées, mais avec moins d'entrain que d'habitude. Il tentait de se tenir le plus loin possible du traître, se concentrant sur le plaisir que sa présence procurait à sa mère. Celle-ci lui avait d'ailleurs demandé de rester à la maison, le temps de se trouver une chambre au village.

Fernand avait acquiescé, par amour et par empathie.

*

— Il veut juste la terre pour avoir sa dispense… répétait le benjamin à sa mère, le soir, quand il la rejoignait au salon où elle tricotait sans relâche, comme si le mouvement cadencé de la berceuse s'harmonisant au va-et-vient des aiguilles calmait son désarroi.

Fernand connaissait trop bien Adèle pour comprendre que l'accident de Rosario, ajouté au retour d'Ernest, minait son moral et sa santé.

Pourtant au souper, lorsque la famille se regroupait autour de la table après une longue journée de travail, personne n'osait parler du sort réservé au pauvre hère qui se languissait à l'hôpital. L'étiquette de grand brûlé lui collait à la peau autant que les morsures de l'eau bouillante qui avaient ravagé ses chairs.

De son côté, pour tromper l'ennui, mais aussi pour s'assurer un maigre revenu, Marguerite travaillait au village. Elle avait quitté son logis et avait pris une chambre dans une pension où elle pouvait vivre plus à son aise sans avoir à payer le prix d'un loyer.

Les mauvaises langues racontaient qu'on la voyait très souvent en compagnie du cordonnier.

*

— Y a les moissons à engranger, les clôtures à réparer et le chemin, en face de la ferme, à aplanir avant l'hiver. Y faut aussi prévoir des réserves de bois et de tourbe pour le poêle. Le charbon est encore trop cher… dit Kildare à Ernest.

— Tu manges pas, maman ? demanda soudain Adrien en désignant du doigt l'assiette à demi remplie de sa mère.

— Tu peux la prendre.

Adrien allait s'emparer de l'assiette quand Ernest, vif comme un chat, la lui vola.

— Heille ! C'est à moi ! s'écria Adrien, outré.

— T'en as eu assez ! Et puis flanc mou comme t'es, t'as pas besoin de manger autant.

— Je travaille fort, tu sauras ! C'est éreintant de casser des cailloux et de pelleter de la terre à cœur de jour pour mettre les routes en état ! Pis je fais un travail honorable. Pas un métier de crève-la-faim comme le tien ! Moi, au moins, je pellete pas de la marde !

Les paroles, la moue de dégoût surtout qui les accompagnait, avaient dépassé sa pensée, mais quand Adrien s'en rendit compte, Ernest fondait déjà sur lui, comme un vautour sur sa proie, lui enserrant le cou de ses deux mains.

Kildare fut le premier à se lever. Il tenta de maîtriser Ernest en le tirant par les épaules pendant que Fernand faisait son possible pour desserrer les doigts du forcené sur le cou d'Adrien dont le teint virait au mauve. Deux chaises renversées gisaient déjà sur le plancher. Adèle les contourna d'un pas vif et retraita vers le comptoir, les yeux remplis de larmes amères.

*

Depuis le retour d'Ernest, la vie autrefois si paisible était devenue un véritable enfer. Kildare, elle le sentait, perdait lentement, mais sûrement, le contrôle de la ferme au profit de son fils qui prenait désormais les décisions et affichait un air dominateur devant ses parents vieillissants. C'était sans compter ses insinuations de mauvais goût sur la possibilité que Madeleine Gauthier ait jeté son dévolu sur lui, le futur héritier...

Adèle regarda se battre ceux pour qui elle se dévouait sans jamais se plaindre ni rechigner. Elle leur en voulut de lui rendre la vie si difficile et l'institutrice qui sommeillait encore en elle se réveilla. Elle marcha vers le poêle, attrapa un poêlon de fer encore graisseux et s'avança vers l'instigateur de cette querelle. Sans crier gare, elle lui asséna un premier coup sur le dos, puis un second sur le bras gauche, évitant de justesse le visage de son époux qui recula de trois pas.

— Heille ! rugit Ernest.

Des gouttes de salive tombèrent sur le front d'Adrien, renversé sur la table, écrasé sous le poids de son agresseur. Ernest relâcha instantanément le cou de son frère. Ce dernier en profita pour retraiter vers la porte d'entrée, la main sur la poignée, prêt à prendre la poudre d'escampette. Ernest se retourna vers celle qui brandissait encore son arme improvisée.

— Qu'est-ce qui vous prend, la mère? beugla-t-il.

— Ernest Dupré! Que je te voie plus jamais... JAMAIS, tu m'entends, attaquer ton frère Adrien! Ou qui que ce soit d'autre! Tu m'entends?

L'interpellé bomba le torse, fixant d'un œil torve celle qui le défiait.

— Voyons, la mère, ça se fait pas de frapper son fils...

— Si tu continues d'agir de même, tu seras plus mon fils, ni moi ta mère, coupa-t-elle.

Éberlué, Ernest se tourna vers Kildare pour chercher un allié.

— P'pa... Dites quelque chose...

— Ta mère a raison. C'est pas des manières, ça! On n'est pas au camp de bûcherons, icitte!

— On est sur MA terre! gueula Ernest, blême de rage.

— Pas encore... lança Fernand.

— Toi, mêle-toi pas de ça! rugit Ernest.

L'aîné Dupré balaya la pièce d'un regard froid.

— La terre, si elle est pas à moi, elle sera à personne d'autre. Je vous le garantis!

Sur ces paroles, il quitta la maison en quatrième vitesse.

Assommés par la scène à laquelle ils venaient d'assister, les membres de la famille se dévisagèrent en silence.

Adrien fut le premier à se ressaisir.

— Moi je reste plus ici, c'est certain ! Pas avec un fou de même ! Je fais ma valise pis je décrisse !

— Où vas-tu dormir ? s'inquiéta sa mère.

— Chez Guillaume Genêt. Un chum. Il m'a dit qu'il avait de la place pour moi, au collège, si jamais j'avais besoin…

Adrien se tut brusquement, conscient que ce n'était pas le moment d'annoncer à sa famille sa tentative d'entrer en communauté pour éviter la conscription. Encore moins de lui avouer ses dettes de jeu et le harcèlement dont il était victime de la part de la gang à Bissonnette, qui avait juré de venger sa sœur.

« Moi, frère du Sacré-Cœur… personne comprendrait… », songea-t-il, un pied sur la troisième marche de l'escalier.

Adrien savait trop bien que sa vie changerait complètement s'il revêtait la soutane. Plus de longues nuits entre les bras des femmes, soûlé d'alcool et de luxure. Il ne connaîtrait plus l'ivresse de la liberté qu'il éprouvait à remonter la surface glacée de la Yamaska, l'hiver, pour se rendre à Saint-Hyacinthe quand l'appel du désir le rendait insomniaque. Plus de cette vie de labeur à en avoir mal aux bras à force de casser, pelleter et charroyer de la roche et de la terre des chemins de la voirie. Son ami Guillaume l'avait convaincu que la bure valait bien mieux qu'un uniforme du Royal 22e Régiment ou des Fusiliers Mont-Royal. Qu'il était plus sûr surtout, puisque jamais la conscription ne touchait les soldats du Christ. Dans cette communauté missionnaire, Adrien aurait peut-être la chance de voyager…

Guillaume lui avait parlé de ces pays exotiques où les femmes à demi nues se languissaient de désir et se laissaient facilement séduire. Dans ces contrées lointaines, les plaisirs de la chair n'étaient pas l'œuvre de Satan et chacun pouvait s'y adonner avec innocence. Comme Adam et Ève au paradis terrestre.

« Des impies qu'il faut convertir à la vertu, nous demande-t-on. Pfff ! Ce sont plutôt eux qui nous montrent la vraie voie… », ironisait parfois son copain avec un air repentant.

Adrien savait bien que sa tentative était loin d'être assurée puisqu'il était de plus en plus difficile d'être accepté dans une congrégation.

Ne lui restait plus qu'à attendre. Son examen médical était encore loin, ce qui lui donnait le loisir de prendre du bon temps, loin de son maudit frère. La guerre, il ne la vivrait ni dans les tranchées, ni dans cette maison, ni même avec une femme qui lui mettrait la corde au cou. Il trouverait bien un moyen de s'en tirer à bon compte…

Avant de partir, Adrien jeta un coup d'œil par-dessus son épaule au triste tableau formé par ses parents et Fernand.

Son petit frère gardait la tête baissée et Adrien eut pitié de celui qui subissait sans jamais rouspéter les caprices d'un destin malicieux.

— Tu devrais sacrer ton camp, toi aussi, sinon Ernest te laissera jamais en paix.

Fernand sourit tristement à Adèle qui pencha la tête pour cacher son chagrin.

— Ça va aller, m'man… Ça va aller… Je vais rester encore un bon bout de temps. Vous inquiétez pas, je vous laisserai pas toute seule avec cette gang de sauvages ! la réconforta-t-il d'une voix douce.

Adrien lui lança un clin d'œil complice avant de quitter la maison.

Fernand aida sa mère à replacer les chaises. Au passage, il lança un regard rempli de colère à celui qui n'avait pas tenu sa promesse et qui, par sa faiblesse, plongeait sa famille dans un désarroi sans nom.

Kildare évita le regard inquisiteur posé sur lui et c'est en silence qu'il quitta la maison à son tour en direction du hangar où il alla ruminer son dépit.

Adèle se retira dans sa chambre pour pleurer tout son soûl à l'abri des regards.

Demeuré seul dans la cuisine, Fernand entreprit de s'attaquer au fouillis qui y régnait. La vaisselle à laver, les bûches à ajouter dans le poêle et les bouilloires d'eau à remplir l'aidèrent à exorciser ses démons. Il aimait faire le ménage et aidait volontiers Adèle à balayer, frotter, laver les planchers et les meubles. Il aimait l'ordre, comme si le fait de ranger ce qui traînait dans une pièce remettait ses idées en place.

Quand il monta à sa chambre, il n'y avait plus de traces de l'ouragan que son frère Ernest avait déchaîné.

Allongé sur son lit aux draps fraîchement lavés, alors qu'il attendait le sommeil, Fernand pensa un long moment au visage d'Henriette Camirand. Il se souvint de la promesse faite à une dame inconnue sur un lit d'hôpital quelques jours plus tôt. Ses lèvres frémirent alors qu'il murmurait une prière à la Vierge :

— Sainte Marie, aidez-moi à faire ce qui est mieux pour tout le monde…

Chapitre 11

L'urgence

— Pourquoi tu viens pas avec nous ?

— J'aime pas ça, les courses de chevaux.

— Eh que t'es vieux jeu !

Philippe Bissonnette était appuyé au comptoir de la quincaillerie du village où, tous les samedis, Fernand aimait aller. C'était le lieu de rencontre des copains qui, comme lui, travaillaient depuis quelques semaines à la manufacture de chaussures. Les « recrues », comme ils se surnommaient, avaient fraternisé dès le premier jour.

Philippe avait été assigné à la taille des semelles tandis que Fernand rassemblait les deux morceaux, semelle et dessus du soulier, grâce à une machine à piquer. Le travail était ardu. Les longues heures passées debout devant la machine, qui émettait un ronronnement infernal et régulier chaque fois que l'aiguille transperçait les deux épaisseurs de cuir, lui semblaient interminables. Cependant, Fernand ne rechignait pas, trop content de pouvoir fuir la ferme familiale et les humeurs toujours aussi intolérables de son frère aîné.

Jamais il n'aurait cru que le travail d'usine l'aurait rendu fier à ce point.

— Piqueur de chaussures, répondait-il quand on lui demandait ce qu'il faisait.

Il préférait de beaucoup ce titre à celui de fermier, de cultivateur ou d'habitant. Plus de relents de lait, de fumier ou de foin sur ses vêtements de travail. Fernand était désormais content de se promener dans le village à cheval sur sa nouvelle bicyclette bleue et grise de marque CCM.

Avec un salaire régulier de cinq dollars et vingt sous par semaine pour cinquante-neuf heures de travail assidu, il ne rivalisait pas avec celui de son copain Jean-Louis, qui avait trouvé un emploi à la Volcano où le travail était dur, racontait-on. Fernand se doutait bien que son aîné ne résisterait pas longtemps dans cet énorme garage où on réparait les trains et toutes les pièces qui les composaient.

Fernand n'était peut-être propriétaire de rien d'autre que de sa vie et d'une certaine liberté, mais il aimait de plus en plus profiter de ses temps libres. À trente ans, le jeune Dupré était bien décidé à s'accorder du bon temps et à ne pas se soucier de l'avenir. Le spectre de la conscription planait toujours au-dessus de sa tête, comme une épée de Damoclès, mais il se convainquait régulièrement qu'il aurait le temps de se trouver une femme et de se marier avant d'être appelé sous les drapeaux.

Son compagnon jeta un coup d'œil sur l'horloge accrochée au mur du magasin.

— Déjà deux heures ! Vite ! Y faut y aller ! Hervé doit nous attendre près de l'église. Tu viens ou pas ?

— J'arrive.

Philippe donna une tape dans le dos de Fernand qui le suivit aussitôt vers la sortie. Dehors, ils se mirent à courir à toutes jambes vers le stationnement de l'église, là où les attendait leur camarade au volant d'une belle Chevrolet Chevy Fleetline noire de l'année.

Fernand admira la voiture aux chromes étincelants qu'il ne pourrait jamais s'offrir, il ne le savait que trop. Il songea à son maigre salaire et envia Hervé Michaud, le fils du notaire, de pouvoir utiliser celle de son père.

— Dépêche-toi ! insista Philippe, à grands renforts de moulinets de bras, en prenant place sur le siège avant du passager.

Fernand obtempéra et s'assit sur la banquette arrière.

Le véhicule démarra en trombe sous les rires des occupants.

*

La voiture avait roulé sans s'arrêter jusqu'au pont Barsalou ceinturé par les édifices de briques rouges de la Penman's, la plus grosse usine de textile de la région. Les remous du barrage sur la rivière Yamaska tout près actionnaient les nombreuses turbines qui fournissaient l'électricité nécessaire pour faire fonctionner les machines.

— Maudit qu'y a du monde ! s'exclama Philippe, tout excité.

La Chevrolet continua sa course dans la rue Bourdages jusqu'à l'intersection de la rue Sicotte, où elle tourna à droite. Elle emprunta le carrefour giratoire surmonté d'un viaduc permettant aux trains de ne pas interrompre la circulation automobile, mais aussi de marquer la division géographique entre le sud et le nord. Une fois de l'autre côté, en « haut de la ville », comme disaient ses habitants, le conducteur choisit d'emprunter le boulevard Laframboise qui menait plus directement au « Mille », la piste de course qui attirait bien des citadins de Saint-Hyacinthe, mais aussi des visiteurs des campagnes avoisinantes.

Fernand ne prenait pas part à la conversation de ses compagnons, préférant admirer le paysage défilant par la fenêtre de la voiture. La voiture longea un immense parc dans lequel des ruines noircies semblant défier le temps se dressaient. Dans des sentiers menant à un boisé, des frères du Sacré-Cœur, reconnaissables à leur soutane noire et leur traîne pendant dans leur dos jusqu'aux talons, arpentaient les sentiers. Certains se penchaient au-dessus de jardins regorgeant de citrouilles et de courges tandis que d'autres, grimpés dans des escabeaux de bois, cueillaient des pommes.

— C'est quoi ces ruines-là ? demanda-t-il.

— Celles du collège Sacré-Cœur qui a brûlé il y a environ cinq ans, répondit Hervé.

— Ç'a été toute une catastrophe, ajouta Philippe qui se souvenait vaguement d'avoir lu des articles de journaux qui avaient parlé de cette tragédie.

— C'était du charbon qui n'avait pas complètement brûlé qui aurait dégagé du gaz, précisa Hervé. Ç'a fait exploser les cinq fournaises du sous-sol. Mon père m'a dit que les flammes étaient tellement fortes et hautes que les pompiers pouvaient pas s'approcher de l'incendie. Y paraît même que le feu aurait poussé les élèves au centre du toit. Personne pouvait les voir et encore moins les aider. Les seuls survivants sont ceux qui se sont jetés du haut des quatre étages ou par les fenêtres.

La voiture s'immobilisa à un arrêt afin de laisser passer une horde de jeunes gens qui empruntèrent des sentiers qui louvoyaient entre des ormes, des chênes, des pins et des érables.

Attiré par la beauté des lieux, Fernand ouvrit sa portière et sortit de la voiture.

— Je débarque ici ! J'irai vous rejoindre à l'entrée !

Les deux compères opinèrent du chef et l'auto continua son chemin.

Quand Fernand posa le pied sur le trottoir en face de l'édifice en ruines, la désolation des lieux le frappa.

Du collège, ne restaient que des murs troués de fenêtres vides. La nature avait déjà enseveli la moitié des briques et des pierres qui gisaient tout autour de la structure originelle du bâtiment, envahissant même ce qui avait dû être des parterres fleuris sillonnés d'un trottoir de ciment. Tout au fond, un mur en bois semblait veiller sur des déchets de toutes sortes.

Fernand imagina aisément la vie de ces gens privilégiés qui avaient eu la chance de s'instruire mais qui, par un caprice du destin, n'avaient pas survécu à leur malchance.

Fernand ajusta son chapeau melon et marcha vers un sentier au bout duquel une gigantesque statue du Sacré-Cœur, surmontant un piédestal d'une blancheur surnaturelle, se dressait. Fernand s'en approcha et découvrit, gravés dans la pierre, les noms de ceux qui avaient péri dans l'incendie meurtrier. Derrière la statue, un petit cimetière avait accueilli les corps des enfants et des professeurs.

Fernand arpentait ce vaste terrain, à la fois curieux et désolé. Ses pas le menèrent à une grotte consacrée à la Sainte Vierge, mais dont la statue avait disparu.

Derrière un buisson non loin, une statue de saint Michel, une lance à la main, se dressait sur un socle de roche. Fernand fit quelques pas vers un petit oratoire près duquel des ruches d'abeilles bourdonnantes lui firent rebrousser chemin.

Délaissant ces lieux remplis de souvenirs malheureux, Fernand suivit le flot des amateurs de courses de chevaux qui s'agglutinaient déjà devant l'entrée du Mille, qui se profilait non loin.

Quand il déboucha près de ses acolytes qui attendaient déjà, deux femmes devant eux reculèrent et bousculèrent involontairement les amis. L'une d'elles marcha sur le pied de Philippe, ce qui lui arracha un cri de douleur.

— Oh ! Pardon ! s'exclama-t-elle en se retournant.

Fernand reconnut immédiatement Henriette.

— C'est pas grave ! la rassura Philippe, tentant de camoufler sa douleur sous un sourire charmeur.

Henriette portait un chapeau sur ses cheveux coiffés en chignon. Son manteau de laine légère ne laissait rien voir de la silhouette aperçue quatre mois plus tôt sur la voie ferrée.

— Bonjour, Fernand ! dit-elle en se tournant vers ce dernier.

— Bonjour ! Vous allez bien ?

— Très bien merci ! Oh ! Vous connaissez ma cousine, je crois.

— Bonjour, mademoiselle Forcier.

— Tu nous présentes pas ? s'interposa Hervé d'un air faussement offensé.

— Bien sûr. Hervé Michaud, Philippe Bissonnette, Jeanne Forcier et Henriette Camirand, les désigna Fernand d'un geste de la main.

En gentlemen, Philippe et Hervé s'amusèrent à baiser les mains tendues des deux femmes qui émirent un petit rire gêné.

— Vous aimez les courses de chevaux ? demanda Philippe à Jeanne qui le dévorait des yeux.

— Oui et vous ? répondit celle-ci en se rapprochant.

— Beaucoup ! Je trouve que c'est un sport… euh… intéressant.

Le couple marchait déjà côte à côte, délaissant Hervé, Fernand et Henriette.

— Je vois un copain qui me fait signe, dit Hervé en se hissant sur la pointe des pieds et en faisant un signe de la main à un individu sur sa gauche. On se retrouve ici dans deux heures ?

— Parfait, dans deux heures, confirma Fernand.

En galant homme, Fernand offrit son bras à sa compagne qui s'en empara aussitôt. Le couple tenta tant bien que mal de se frayer un chemin à travers la foule dense, préférant s'installer au parterre plutôt que dans les gradins déjà bondés.

— Vous aimez les courses de chevaux ? hasarda Henriette pour rompre le silence embarrassant.

— C'est la première fois que je viens ici.

— Moi aussi, s'empressa-t-elle de préciser. J'accompagne Jeanne.

— Une chaperonne, en quelque sorte ? dit Fernand avec un sourire amusé.

— En quelque sorte... répéta-t-elle en souriant.

La blancheur de ses dents et les deux délicates fossettes sur ses joues le charmèrent. Le sourire enfantin aussi laissait présager un caractère enjoué et franc.

— Aimeriez-vous rejoindre votre cousine ? demanda Fernand qui chercha dans la foule le couple formé de leurs amis respectifs.

— Pas nécessairement, répondit candidement Henriette. On pourrait aller se promener de l'autre côté ?

Fernand sourit et emboîta le pas à cette jeune femme dont il admira le port altier et les jambes fuselées qu'une paire de bas galbait à merveille et qui faisaient tourner la tête à quelques hommes près d'eux.

— Comment va votre mère ? hasarda-t-il.

Henriette hésita un instant. Que penserait-il d'elle en constatant qu'elle se retrouvait ici, s'amusant avec sa cousine, alors que sa pauvre mère était toujours à l'hôpital ?

La jeune femme aurait bien aimé aller lui rendre visite comme tous les dimanches, mais Jeanne l'avait convaincue que ça leur ferait du bien, à Estelle et à elle, de se changer les idées.

— Son état est stable. Elle est toujours à l'hôpital.

La promesse faite à une inconnue, quelques semaines plus tôt, revint à la mémoire de Fernand et le troubla. Il fit un pas de côté, créant une distance entre eux.

Interprétant ce geste comme un jugement, Henriette baissa la tête et se distança à son tour.

— Vous voilà, vous deux ! lança Jeanne en arrivant à leur hauteur. Estelle et ma sœur sont venues nous rejoindre. Il paraît qu'il faut aller rendre visite à tante Germaine.

Jeanne ponctua cette annonce d'une grimace, ce qui fit rire Philippe.

— Il semble que cette visite ne vous tente pas beaucoup, déclara-t-il.

— C'est une vieille grincheuse, commença la jeune femme qui faisait fi des regards de reproche que lui lançait Henriette.

— Elle est pas si… interrompit celle-ci.

— … Oui, vieille et grincheuse ! coupa Jeanne à son tour.

Estelle surgit près d'Henriette et la prit par le bras.

— On y va ? demanda-t-elle d'une voix angélique.

Une quinte de toux la secoua et elle porta sa main gantée à sa bouche.

— Un vilain rhume qui finit pas, l'excusa sa grande sœur en replaçant le foulard autour du cou de sa benjamine.

Jeanne faisait déjà ses adieux à Philippe. Henriette fit mine de partir, mais Fernand la retint d'une main posée sur son avant-bras.

— J'aimerais vous revoir…

Henriette prit son temps avant de répondre.

Que devait-elle penser de cet homme rencontré au hasard de sa route ? N'était-il pas, comme beaucoup d'autres qui voulaient éviter la conscription à tout prix, pressé de trouver une épouse ?

La jeune femme posa un regard franc dans celui de Fernand qui soutint cet examen.

— Tu viens ? la pressa Estelle en tirant sur son avant-bras.

— Va avec Jeanne. Je te rejoins tout de suite.

Affichant une moue boudeuse, la cadette obéit à regret.

— Je veux bien, affirma Henriette qu'un sentiment nouveau envahissait soudain.

Se pouvait-il que la vie lui montre finalement un chemin qu'elle n'avait, jusqu'alors, point fréquenté ? Était-il possible qu'elle puisse mettre fin au calvaire qu'elle vivait depuis que sa sœur et elle avaient emménagé dans une petite chambre miteuse et dans laquelle les coquerelles avaient aussi élu domicile ? L'idée d'avoir enfin la chance de « faire sa vie », comme le lui répétait sa mère chaque fois qu'elle lui rendait visite à l'hôpital, la taraudait. Surtout le soir quand, après une longue journée de travail à la manufacture, elle se couchait dans l'étroit lit simple, se collant le plus possible contre le dos d'Estelle qui dormait déjà.

La vie à Saint-Hyacinthe lui devenait de plus en plus pénible et le maigre salaire que rapportait son travail à la E.T. Corset, même ajouté à celui de sa sœur, qui faisait des ménages dans des résidences cossues, ne réussissait malheureusement pas à payer le loyer, le chauffage et la nourriture. Combien de fois avait-elle donné le reste de son sandwich à Estelle qui maigrissait à vue d'œil… Ces dernières semaines, les quintes de toux répétées de sa benjamine avaient aussi mis à mal son sommeil et Henriette se révélait de moins en moins patiente.

— Ici même, la semaine prochaine ? demanda Fernand, mettant un terme à sa réflexion morose.

— Pourquoi pas sur le pont à Saint-Pie ? Je vais chez ma cousine dimanche prochain.

— Oui, c'est une bonne idée…

Ils se quittèrent sur un sourire.

Fernand rebroussa chemin, les mains calées dans les poches de son veston.

Une onde de chaleur lui parcourut l'échine et, pour la première fois depuis la rupture avec Madeleine, il sentit que l'espoir refleurissait.

Chapitre 12

La faute des autres

— Rosario est hors de danger. Mais il va rester encore au moins un mois à l'Hôtel-Dieu à cause de ses plaies.

Marguerite épongea les larmes qui ruisselaient sur ses joues.

La peine et l'anxiété l'assaillaient nuit et jour, tandis que la situation précaire dans laquelle la plaçait l'accident de son mari plongeait la pauvre femme dans un terrible embarras financier.

Le propriétaire de la manufacture lui avait pourtant assuré qu'il verrait personnellement à ses besoins, le temps que son mari reprenne son travail. Mais le verdict était tombé : Rosario ne retournerait jamais travailler. Le titre d'infirme lui collait dorénavant à la peau aussi bien que toutes les cicatrices qui, lentement mais sûrement, déformaient ses chairs. De plus, les frais de chirurgie et les soins reliés à sa convalescence étaient si élevés que le patron envisageait de ne plus pouvoir tenir sa promesse.

Ne resterait plus pour Rosario et sa femme que le Secours direct offert par le gouvernement.

— Tu pourrais rester ici en attendant que Rosario revienne. La chambre d'Annette est libre depuis qu'elle est mariée. À moins que tu préfères celle d'Alma ? proposa Fernand.

— Je peux pas rester ici toute ma vie, déclara Marguerite.

— Je peux te donner de l'argent… offrit Fernand.

Marguerite posa un regard affectueux sur cet homme qu'elle avait connu adolescent.

— C'est gentil, mais garde ton argent. Toi aussi, un jour ou l'autre, tu vas devoir quitter cette maison et te trouver une chambre quelque part. C'est pas normal, à ton âge, de vivre encore avec ses parents.

— Je peux pas encore me résoudre à laisser maman toute seule.

— Elle est pas toute seule. Elle a son mari et Ernest…

— Parle-moi pas de lui ! coupa Fernand qui n'en pouvait plus de le voir se faire servir comme s'il était un pacha, sans jamais lever le petit doigt pour la vaisselle ou le lavage.

— N'empêche que tu serais mieux en pension.

— Y a pas des tonnes de chambres ou de pensions au village. Pis un logis, ce serait bien trop grand pour moi tout seul.

— Je comprends... Et puis c'est de plus en plus cher. C'est pour ça que je dois me faire un meilleur salaire que ce que me donne monsieur Chenevert.

À l'évocation du nom de son bienfaiteur, Marguerite déglutit avec peine tandis qu'une ombre de tristesse voila un moment ses prunelles couleur de mer d'Irlande.

Depuis bientôt un mois, le cordonnier la conduisait à l'hôpital, utilisant presque uniquement sa ration d'essence à cette fin, en échange de ses services de ménagère. La femme, encore jeune, était sensible à l'attention que le veuf lui portait. Une tendre complicité se tissait au fil des heures passées dans la petite cuisine qui avait un peu retrouvé sa propreté d'antan. L'affection, de plus en plus présente, les soulageait de leur solitude mutuelle.

Un après-midi, alors que, sa besogne achevée, Marguerite apportait une tasse de thé à l'artisan penché sur son ouvrage, il lui avait touché la main. Leurs bouches s'étaient unies, sans honte, dans un chaste baiser. Marguerite n'avait pas eu le moindre remords. Seul le regret de ne pouvoir quitter son mari la tiraillait.

Sa vie ne lui appartenait plus...

Fernand savait que l'amitié, qui unissait ces deux êtres éprouvés par leurs mésaventures réciproques, s'était muée en un sentiment plus profond, plus tenace qui, il le sentait, demeurerait réprimé, comme le commandait la Sainte Église catholique.

« Pourquoi est-ce qu'on ne peut pas aimer deux personnes en même temps ? », lui avait souvent demandé sa belle-sœur au retour de ses visites à l'hôpital.

Maintenant que Rosario était de retour, Marguerite avait quitté les rangs des femmes libres et se dévouait au service de celui qu'elle avait épousé pour le meilleur et pour le pire.

Et le pire semblait avoir pris toute la place depuis l'accident…

— Je vais essayer de trouver un autre emploi. Ils ont besoin de vérificatrices pour les bas de soie à la Gotham Hosiery à Saint-Hyacinthe. Ce sera assurément plus payant que de faire des ménages…

— Et moins dur, peut-être ?

— Ça, j'en suis pas tellement sûre. Je vais devoir travailler six jours, de sept heures du matin jusqu'à six heures du soir à actionner une jambe en métal et à enfiler un bas dessus pour voir s'il n'y a pas de défaut.

— Tu penses voyager comment ?

— Monsieur Chenevert m'a offert de me conduire là-bas. Au début en tout cas. Ensuite, on verra. Mais je pense que Rosario et moi on va devoir déménager en ville.

— C'est certain. Ça va être plus pratique pour toi.

— Pour lui aussi. Il va être plus proche de l'hôpital pour recevoir les soins qui restent. Il va pouvoir aller marcher. Ça va le faire bouger un peu. Qui sait, il va peut-être pouvoir m'aider un peu en faisant quelques commissions…

— Il va trouver ça dur… Il est resté alité si longtemps, tous ses muscles vont lui faire mal au début.

— Sûrement…

Fernand songea un moment à Henriette et sa sœur qui avaient grossi le rang des travailleuses d'usine.

*

Depuis le début de la guerre, les effectifs des travailleurs masculins baissaient à vue d'œil et les femmes étaient réquisitionnées pour l'effort de guerre. Dans la seule ville de Saint-Hyacinthe, comme dans beaucoup d'autres villes du Canada, on voyait les files de travailleurs marchant rapidement vers la Gotham Hosiery, la Hump Hair Pins, la Volcano ou encore la US Knitting. Toutes ces usines qui formaient la « grande industrie américaine », c'était les nécessités de la guerre qui les avaient implantées. Des milliers d'hommes et de femmes s'engouffraient dans ces bâtiments au son de la sirène pour n'en ressortir le soir que fourbus et désillusionnés.

La guerre perdurait et avec elle, l'effort de guerre…

Les politiques fédérale et provinciale s'efforçaient de garder l'économie à un niveau élevé, donnant ainsi l'impression que le plein emploi profitait à tout le monde également. Tout ce cirque ne faisait cependant qu'enrichir les plus riches qui vivaient, la plupart du temps, de l'autre côté de la frontière. Le peuple, lui, s'évertuait à obéir, comptabilisant chaque cent, croyant que le travail acharné et « la bonne job » étaient leur seule planche de salut. Les curés, du haut de leur chaire, ne cessaient d'inciter leurs fidèles à appuyer l'effort de guerre afin que le Bien triomphe du Mal et que le despote allemand tire enfin sa révérence.

Ces mêmes curés n'osaient cependant pas parler du raid de Dieppe et de son opération Jubilee du 19 août 1942 qui avait laissé dans le deuil plus de trois mille familles.

Fernand songea à son ami Germain qui, avait-on dit à sa femme, n'avait plus donné signe de vie depuis le débarquement. La pauvre épouse espérait toujours son retour, malgré les conseils insistants de ses parents et amis qui lui recommandaient de l'oublier et de refaire sa vie.

Marie-Louise était une belle femme et Fernand avait déjà eu le béguin pour cette fille avenante qui riait tout le temps. Elle était bien quelque peu grassette, mais charmante avec son sourire qui dessinait des fossettes sur ses joues rondes.

— Elle restera pas seule longtemps avec tous ces hommes qui veulent éviter la conscription, avait déclaré Adèle quand elle avait appris la nouvelle de la disparition de ce soldat.

Les jeunes gens en avaient assez de cette guerre qui n'en finissait plus et l'envie de vivre pleinement était désormais plus forte que tout. De plus en plus la rébellion grondait. Les bulletins de nouvelles, diffusés à Radio-Canada depuis le 1er janvier 1941, permettaient à ceux et celles qui avaient la chance de se regrouper autour de leurs appareils radio d'en apprendre un peu plus sur ce qui se déroulait de l'autre côté de l'océan, certes, mais aussi dans la province.

Fernand, lui, préférait la lecture du *Devoir*. Ce journal, entre autres choses, lui avait appris la nationalisation de la compagnie Beauharnois Light, Heat and Power. Il avait aussi lu qu'une loi permettait désormais aux femmes de devenir avocates et qu'une autre loi, adoptée par la Chambre des communes le 24 octobre, établissait le contrôle des prix et des salaires.

L'attaque de Pearl Harbor le 7 décembre 1941 avait réveillé le géant américain qui, dans une vague de patriotisme, avait décidé de montrer au monde entier sa suprématie militaire. À l'ouest comme à l'est, les États-Unis déployaient leurs forces navales et aériennes, subventionnées à grand renfort de capitaux générés par leurs usines. Le Canada, faisant partie du Commonwealth et donc tributaire de l'Angleterre, était obligé de se ranger du côté des alliés.

Il n'y avait plus de choix possible...

— Maudite Angleterre, c'est de sa faute si on est pris en otage comme ça... laissa tomber Fernand, assis à la table de la cuisine, après avoir lu à voix haute la lettre de sa cousine Laure, lui racontant l'enrôlement obligatoire de son fiancé.

— Oui, la faute de l'Angleterre, de la malchance, de la guerre, de la vie... Il faut se soumettre aux caprices du destin, tenta de le raisonner Adèle.

Se soumettre...

Fernand ne pouvait s'y résoudre. Pourtant, il ne le savait que trop, lui aussi un jour recevrait sa convocation.

Désemparé et anxieux, il replia la lettre, la mit dans la poche de son pantalon et marcha vers la patère de laquelle il décrocha son manteau. Il l'enfila, mit sa casquette et sortit sans un mot.

Dehors, il leva la tête vers le ciel où l'or pâle du soleil couchant réchauffait les faîtes des érables. L'héritier déchu ferma les yeux et profita de ce moment de grâce. Les minutes s'écoulèrent dans la quiétude alors qu'une brume vaporeuse s'alanguissait sur les champs tout autour. La paix des lieux le rassura. La promesse faite à une inconnue couchée sur un lit d'hôpital lui revint en mémoire et Fernand comprit que cette femme, au crépuscule de sa vie, lui avait indiqué le chemin.

Le sourire discret d'une fille aux cheveux soyeux le surprit et cette image lui fit le plus grand bien.

«Je vais demander Henriette en mariage. C'est mon unique solution.»

Chapitre 13

L'envahisseur

— Eurode s'est marié ! s'écria Kildare en gardant les yeux rivés sur la lettre qu'il serrait entre ses doigts que l'arthrite marquait déjà.

— Votre cousin commis-voyageur ? s'enquit Fernand.

— Lui-même !

Kildare se racla la gorge et continua la lecture à voix haute.

— *J'ai décidé de troquer mon habit de commis-voyageur contre un ciré de pêcheur...*

— Pêcheur ? Pauvre lui ! interrompit Adèle. C'est une vraie vie de misère qui l'attend...

Kildare lui fit signe de le laisser continuer sans l'interrompre.

— *Vous devriez voir comme c'est beau par ici à Carleton-sur-Mer, surtout son barachois ! C'est le plus beau coin de pays que je connais. Ma belle Mérilda pis moi, on rêve de faire plein de beaux enfants qui vont respirer l'air du large. Y vont devenir des pêcheurs, comme moi...*

— Pis se faire embobiner par la compagnie Robin qui possède le monopole de la pêche et des magasins là-bas ! Si cette famille de requins quitte la Baie-des-Chaleurs, c'est toutes les familles qui vont se retrouver au chômage ! déclara Adèle avec véhémence.

— Sans les Robin, c'est la Gaspésie tout entière qui serait pauvre comme Job... rétorqua aussitôt Kildare. Ça prend des compagnies pour faire travailler le monde. Pis c'est pas en faisant des grèves, comme ils ont fait à Arvida en 41, que ça va changer les choses.

— Ben voyons, son père ! Avec les canicules de juillet, c'était un vrai four dans l'usine. En plus, à cause des émanations de dioxyde de carbone et de fluorine, des employés qui travaillaient aux cuves se sont évanouis. C'est pas catholique de faire travailler des hommes dans des conditions pareilles ! s'insurgea Fernand qui avait suivi avec intérêt cette histoire que les journaux avaient décrite à grands renforts de protestations.

— C'est pas une raison pour déclencher une grève en sauvage, rétorqua Kildare qui penchait du côté de l'autorité gouvernementale. Si tout le monde agissait de même, y a pas une usine qui résisterait...

— Qu'est-ce que vous diriez si, sur votre paye, on vous enlevait de l'argent pour l'assurance-chômage et la Défense nationale pendant qu'y a plein de riches Anglais qui payent pas d'impôt sous prétexte qu'ils donnent des emplois aux gens ?

— C'est la guerre, mon gars !

— La guerre excuse pas tout, répliqua Fernand en soutenant le regard de son paternel.

— C'est comme la mer et les poissons, c'est à tout le monde. Pas juste à une famille de riches comme les Robin ! riposta haut et fort Adèle en lançant à son mari un regard noir.

— Pourquoi tu t'énerves comme ça, ma femme ? interrogea Kildare, surpris par l'animosité de celle qui n'avait pas l'habitude de s'emporter de la sorte.

— J'ai connu quelqu'un qui est parti vivre à Bonaventure, il y a des années. Quand il est revenu à Saint-Paul-d'Abbotsford, ses parents ne le reconnaissaient plus. Il n'était plus que l'ombre de lui-même. Il avait travaillé comme un chien pour nourrir sa famille. Trois de ses enfants sont morts de la tuberculose. Sa femme est morte en couches parce que le médecin n'a pas pu se rendre pendant une tempête de neige. Il faisait pitié à en pleurer…

Adèle se leva, marcha vers l'évier, s'y remplit un verre d'eau à même la pompe qu'elle actionnait vigoureusement, comme pour exorciser un souvenir pénible. Elle se retira un moment dans ses souvenirs d'adolescence, alors que son cœur de jouvencelle s'était mis à battre pour Octave Fontaine. Dans un besoin de liberté, le bel Octave avait quitté la ferme paternelle, pourtant située sur une terre fertile au pied de la montagne. L'appel de l'aventure et du voyage avait mené ses pas vers la Gaspésie. Les grandes marées avec leur air salin l'avaient séduit aussitôt qu'il avait posé le pied sur les hautes falaises de grès rouge.

L'unique lettre qu'il lui avait écrite lui avait fait comprendre que la mer et ses rivages le comblaient et qu'il ne remettrait plus les pieds dans la vallée des cinq collines.

Tout comme Octave, le cousin Eurode avait préféré la mer et ses mirages.

Fernand surveillait sa mère d'un œil attentif. Elle s'était installée dans sa berceuse et avait attrapé son tricot d'un geste vif qui marquait bien son irritation. Le fils n'était cependant pas dupe et il nota la mine triste que seule la nostalgie pouvait provoquer. Adèle portait des cicatrices de son passé.

Sans se rendre compte du malaise de sa femme, Kildare continua sa lecture.

— *Les gens, par ici, sont accueillants sans bon sens. C'est comme si on faisait déjà partie de leur famille. Tout le monde, les femmes et les enfants surtout, aide pour arranger et faire sécher la morue. À Pâques, on se retrouve à Saint-Omer ou à Port-Daniel pour la pêche aux coques, comme le veut la tradition. C'est un vrai régal, ces petits coquillages-là...*

— Avez-vous déjà goûté à ça, vous autres ? demanda Kildare.

— Ce doit être juste en Gaspésie que ça se mange, parce que c'est la première fois que j'en entends parler, répondit son fils.

Kildare se tourna vers Adèle qui n'avait pas levé le nez de son tricot et, préférant ne pas la déranger, il reprit sa lecture.

— *L'été, quand il fait chaud et que les soirées s'allongent enfin, ma belle Mérilda pis moi on va s'étendre sur le bord de la falaise qui surplombe la mer. On regarde la noirceur s'étendre sur l'eau. On essaie d'oublier que la guerre est proche malgré le sous-marin allemand, le U-553 qui a torpillé le navire marchand, le* SS Nicoya *à presque sept milles du petit village de Cloridorme le 11 mai dernier.*

— Ah, les bâtards ! s'exclama Kildare. Y vont pas venir jusque chez nous au moins, les bapt...

— ... Kildare ! Surveille ton langage, si tu veux pouvoir aller communier sans passer au confessionnal, l'interrompit Adèle en sortant momentanément de son mutisme.

— *Depuis le 6 mai, deux navires marchands ont été coulés au nord du petit village de Sainte-Madeleine-de-la-Rivière-Madeleine. Un Britannique et un Hollandais. Des hommes ont été tués. Depuis ce temps, les gros navires ont plus le droit de traverser l'Atlantique et de venir près de nos côtes. C'est trop dangereux. L'armée a campé des avions à Mont-Joli, pis on les entend survoler le fleuve à toutes les heures du jour et parfois même la nuit. On raconte qu'il y a plein de sous-marins entre la Gaspésie et la Nouvelle-Écosse. Même qu'en septembre on en a vu près de Chatham, au Nouveau-Brunswick, pis qu'y en aurait un qui se cache près de New Carlisle. C'est pas ben loin de chez nous, ça. Pas loin pantoute ! Mérilda a peur quand je pars à la pêche. Elle voudrait pas qu'il m'arrive quelque chose. Mais c'est pas moi qui décide quand je lèverai les pattes. Sous-marins allemands ou pas. Ça fait que je continue mon travail en priant que cette maudite guerre finisse pis qu'ils nous laissent tranquilles.*

À part ça, ben on pense pas aller visiter la famille pour le temps des fêtes. Avec le rationnement d'essence pis le prix des billets de train qui a augmenté, on aura pas les moyens.

Je te salue, mon cousin, pis j'espère que t'es heureux sur ta terre avec tes grands gaillards. Salue ta femme pour moi.

Eurode

Kildare replia lentement la lettre. L'espace d'un battement de cœur, il songea à celui qui avait été plus qu'un ami, un frère, quand, aux jours de peine, il avait su trouver les mots pour le consoler. Il compara sa vie de fermier à celle de pêcheur qu'Eurode avait choisie et, un court instant, il l'envia.

*

Au temps de son exil, Kildare n'avait pas même songé à partir vivre sur la péninsule. Il avait préféré le calme réconfortant de la forêt au continuel bruit de ressac des vagues. La mer, il ne le savait que trop, était capricieuse et parfois tourmentée. Le bois, lui, offrait la stabilité qu'il recherchait, surtout après la mort de sa mère et le remariage de son père. Pourtant, la vie en forêt ne lui avait pas donné ce qu'il espérait et il en était revenu déçu et pas tellement plus riche qu'avant son départ. Son escapade lui avait néanmoins laissé le temps d'apaiser sa peine et d'apprendre que la vie ne faisait pas de cadeaux. Il fallait trimer dur pour accéder à une sérénité que même la liberté ne pouvait apporter qu'au prix de la résilience et du pardon.

La ferme familiale était devenue le lieu de tous ses devoirs et il n'avait jamais regretté sa décision de la garder et de la faire fructifier. Il était fier du résultat obtenu. Avec ses quinze vaches, son taureau, ses deux juments, ses vingt poules et ses soixante-quinze arpents de culture pour le foin et le fourrage, Kildare pouvait se targuer d'avoir réussi sa vie. Au soleil couchant, lorsqu'il était bien installé sur la galerie, une pipe au coin des lèvres, il admirait ses terres qui s'étendaient jusqu'à l'horizon. À ces moments-là, il n'enviait personne et la description des falaises rouges surplombant l'océan de son cousin Eurode n'y changerait rien.

Kildare aimait la terre. Et la terre le lui rendait bien.

La pensée de devoir la laisser à Ernest le tarauda soudain.

« T'es bien trop jeune encore… », lui murmura une petite voix.

Depuis bientôt cinquante ans, il trimait du matin au soir sans jamais faillir. La maladie n'avait pas eu d'emprise sur lui et il était convaincu que le travail au grand air et une saine alimentation en étaient les responsables. Pour lui, le bonheur était une chose simple, et il ne voulait rien y changer.

*

— J'aime mieux notre vie que la sienne, en tout cas, laissa tomber Adèle, faisant involontairement écho à la rêverie éveillée de son époux.

— Pis moi, je serais pas mal nerveux de savoir qu'il y a des sous-marins allemands qui rôdent sous mon bateau pendant que je pêche, décréta Fernand en se levant de table et en marchant vers la porte d'entrée.

— Tu sors encore ? demanda sa mère.

— Oui, je vais à Saint-Hyacinthe avec mon ami Philippe. Aux petites vues, mentit-il, ne voulant pas dévoiler à ses parents le vrai motif de sa sortie.

— Vous vous entendez bien, toi et le petit Bissonnette ?

— Oui, on s'amuse bien ensemble.

— Il est correct ?

Fernand savait que le mot « correct » faisait allusion à un comportement conforme aux règles de la Sainte Église qui mettait en garde les jeunes hommes célibataires contre les abus de l'alcool, du jeu et des plaisirs de la chair.

— Oui, oui, ben correct, confirma Fernand en posant son chapeau melon sur ses cheveux tirés vers l'arrière au centre desquels une raie blanche et bien droite tranchait sur le noir de jais de sa chevelure lustrée.

— Ernest est encore à l'étable, lança Kildare en se levant à son tour. Je vais aller le rejoindre.

— Bonne soirée, murmura Adèle.

Chapitre 14

Les signaleurs

— Maudits matelots ! jura Hervé au volant de la voiture qui tentait de se frayer un passage rue des Cascades.

Depuis plus d'un an maintenant, les recrues de l'École des Signaleurs de la marine canadienne, venues de partout à travers les pays du Commonwealth, logeaient au camp situé rue de la Marine. Tous les vendredis soirs, les citadins voyaient défiler ces hommes à la carrure athlétique, vêtus de leurs uniformes blancs garnis de la collerette rectangulaire dans le dos et du bachi, ce couvre-chef typique des corps de marine de tous les pays occidentaux et européens.

— Ils le font exprès pour bloquer la route ! s'impatienta encore Hervé.

— Tu parles d'une idée de faire venir ces gars-là à Saint-Hyacinthe. Y auraient pu les mettre ailleurs… grogna Philippe.

— Va parler de ça à notre député, T.-D. Bouchard ! C'est à cause de lui si on les a dans les pattes chaque fois qu'on vient bambocher en ville ! continua Hervé qui semblait en avoir gros sur le cœur contre ces hommes en uniforme.

— Moi, ce qui me désole, c'est les filles qui se pâment pour eux.

— Ouais… Comme si la vue d'un uniforme les rendait molles…

— Les gars, un peu de respect, elles sont pas toutes de même ! coupa Fernand qui n'aimait pas la tournure que prenait la conversation.

— Peut-être pas toutes, mais j'en connais que'ques-unes qui arrêtent pas de se vanter qu'elles ont mis le grappin sur un bel officier. Comme si c'était un trophée.

— Les pauvres vont ben s'apercevoir que leur trophée va leur glisser des mains aussitôt la guerre terminée. Finis, partis, les beaux soldats et les *marines* en uniforme…

— J'espère que le ministère fournit les capotes ! J'aimerais pas que ma future fiancée soit infectée de vous savez quoi, ajouta Hervé.

— Hervé Michaud ! T'as pas d'allure ! s'offusqua Fernand.

— Il a raison ! Il faut faire attention.

— De là à dire que les filles sont toutes dévergondées...

— Pas toutes ! rectifia Hervé.

— Bon ! Enfin une parole sensée !

— Mais il y en a pas mal plus qu'on pense qui sont prêtes à vivre une aventure.

— En tout cas, moi, j'aime mieux fréquenter des filles tranquilles et être certain qu'elles auront pas couru la galipote avec un matelot !

Au coin de la rue Sainte-Anne, une échauffourée avait lieu, faisant s'affronter trois matelots et deux hommes vêtus de la salopette de denim et de la chemise de coton typiques des fermiers de la région.

— Ça va barder, lança Philippe.

Fernand regarda du côté des belligérants près desquels deux bicyclettes gisaient.

— Encore une histoire de vol de bicyclette, conclut-il à voix haute.

— Probablement, acquiesça son ami.

— Pourquoi y font ça ? demanda Fernand.

— Un gars m'a raconté que s'ils sont en retard pour rentrer au camp un jour de permission, ils sont confinés au camp pendant au moins deux semaines, sans droit de sorties. C'est pour ça qu'ils volent les bicycles des habitants du coin, répondit Philippe.

— Y a des fermiers qui ont compris ça et ils enlèvent leur siège pour les dissuader, ajouta Hervé.

— Et ça marche ?

— Pas vraiment… Entraînés comme le sont ces matelots, ça ne leur fait rien de pédaler debout pendant tout le trajet du retour au camp. Ce sont de vrais champions, ces gars-là ! Ça pratique plein de sports : le football en particulier. Il paraît qu'ils ont formé une équipe assez forte pour gagner la coupe Grey, expliqua Philippe.

De plus en plus impatient, Hervé klaxonna trois fois afin d'attirer l'attention d'un groupe d'hommes en uniforme qui lui barraient le chemin. Les gars s'approchèrent du véhicule et l'entourèrent en signe de défi.

— *What's going on here ?* tonna l'un d'eux en se penchant au-dessus de la portière du chauffeur.

Un relent d'haleine avinée et de fumée de cigarette s'engouffra dans le réceptacle et Hervé réprima avec peine le réflexe de poser sa main devant son nez.

— *We are in a hurry, can you let us pass, please ?* demanda poliment Hervé avec un accent à couper au couteau.

— *You have a rendez-vous with a girl, I suppose ?* le taquina son interlocuteur en partant d'un rire gras repris par ses comparses.

— *It's none of your business*, répondit sèchement Hervé, que l'arrogance de l'étranger commençait à énerver.

— *Oh! Oh! Oh!* ricana le marin. *The guy is mad…* dit-il en prenant ses amis à témoin.

Le malaise était palpable dans la voiture où Fernand et Philippe ne pipaient mot. Philippe, qui connaissait quelques rudiments de la langue anglaise, voyait bien que la situation risquait de s'envenimer si Hervé continuait à défier l'homme en uniforme. Sur la banquette arrière, Fernand restait coi, la main sur la poignée de la porte, prêt à déguerpir au moindre geste agressif.

— *Sorry, but…* on doit aller à l'hôpital… *hospital…* pour ma mère… *my mother…* mentit Philippe en se penchant près de son ami qui retenait avec peine sa colère.

— *Your mother?* répéta le matelot que cette évocation sembla remuer. *Oh! Sorry! Let us help you!*

D'un signe de la main, il invita ses compagnons à former une ligne droite devant la voiture. Puis, à son commandement, les huit camarades avancèrent au pas dans un ordre parfait. La voiture se fraya ainsi un chemin entre les badauds qui regardaient passer le cortège, se demandant bien qui étaient ces hommes importants que l'on escortait ainsi.

Dans l'auto, Philippe, Fernand et Hervé retenaient avec peine leur fou rire, adoptant une attitude guindée et hautaine. De sa fenêtre, Fernand aperçut deux jeunes femmes qui le saluèrent d'un geste discret de la main, auquel il répondit sans vergogne.

Sur le siège avant, Philippe en faisait tout autant, distribuant des sourires à celles qu'il trouvait les plus jolies.

— C'est comme ça qu'ils se sentent, nos politiciens, vous pensez ? demanda-t-il.

— Assurément ! répondit Hervé qui savourait cet instant avec ravissement.

— J'aimerais pas ça toujours être une vedette. J'aime mieux rester incognito…

— Incognito ! coupa Philippe. T'es trop timide, Fernand ! Trop *stuck up*, comme disent les Anglais. Laisse-toi donc aller un peu !

Hervé approuva de la tête en riant.

Fernand ne répondit pas, ravala tant bien que mal son orgueil et afficha une moue boudeuse.

À la jonction des rues des Cascades et Bourdages, Hervé fit un signe de la main à celui qui menait le cortège, lui signifiant qu'il n'avait plus besoin de son aide.

Les matelots se rassemblèrent du côté gauche, tout le long du trottoir. Au garde-à-vous, ils portèrent leur main à leur front dans un salut militaire avant de rompre les rangs.

Tandis que la Chevrolet roulait à vive allure, les trois compères laissèrent enfin libre cours à l'hilarité qu'ils avaient refoulée. Après quelques minutes, la voiture se gara devant un édifice de deux étages de la rue Girouard.

Les trois hommes en descendirent et se dirigèrent au pas de course vers leur lieu de rendez-vous.

Chapitre 15

Le délit

—J'aime pas cet endroit, chuchota Fernand en proie à une soudaine attaque de panique.

Ses jambes le portaient à peine, tellement son angoisse était forte.

— T'as rien à craindre. Mon cousin Stanislas vient ici chaque semaine. Il dit que c'est la meilleure place, le rassura Hervé avec un clin d'œil entendu.

Le miaulement tourmenté d'une chatte en chaleur se répercuta dans l'air humide et fit frissonner le pauvre Fernand qui balaya d'un regard soupçonneux la façade en pierres grises de l'édifice qui se dressait devant lui. Rien au dehors ne laissait supposer qu'à l'intérieur, des hommes défiaient la loi en jouant aux cartes à l'argent.

—J'aime pas ça... répéta Fernand à voix basse. Je m'en vais...

Au moment où il fit mine de retraiter, la porte s'entrouvrit.

— Corneille, dit aussitôt Hervé, répétant le mot de passe que son cousin lui avait donné pour entrer dans ce tripot.

Un moustachu desséché, à la calvitie naissante, les invita à entrer.

En pénétrant dans le petit hall, Fernand jeta un coup d'œil par-dessus son épaule vers le portier qui inspecta minutieusement les environs avant de refermer la porte.

— C'est par là, leur indiqua-t-il avec un geste presque imperceptible de la main.

L'homme dirigea le cortège le long d'un corridor sombre sur les murs duquel les visages de différents saints et saintes les regardaient défiler impassiblement. Fernand s'attarda un instant sur l'image de saint François d'Assise, la main droite levée et l'autre sur le cœur. Il tendit l'oreille, guettant des indices d'une quelconque animation. La maison semblait noyée dans un lac de silence.

L'euphorie qui l'avait mené jusqu'ici, l'idée de gagner une belle somme d'argent surtout, avait complétement disparu. Ne demeurait que la crainte de se retrouver parmi des hors-la-loi que l'appât du gain et le désir de défier l'autorité animaient. Il trouva sa situation d'une terrifiante absurdité et en pesa soudain toute la signification.

« Maudit niaiseux ! », s'admonesta-t-il.

Les trois complices pénétrèrent dans une salle exiguë et mal éclairée par des lampes posées sur les cinq tables qui garnissaient la pièce. L'odeur âcre de la fumée des cigarettes et des cigares se mariant à celles de la poussière et de la boue, dont les bottes des hommes présents étaient couvertes, le prit à la gorge.

Fernand porta une main à son nez, tentant de se protéger de ces miasmes. Il tourna la tête vers Philippe qui avait déjà pris place à une table, près d'un individu au visage adipeux et aux cheveux aussi noirs que du cirage à chaussures. Il le vit ramasser impatiemment les cartes habilement distribuées par un des compères, l'air ravi. Fernand connaissait assez son camarade pour savoir qu'il aimait gagner, comme un pur-sang aime courir.

Hervé, lui, s'était écarté du centre de la pièce et avait rejoint des hommes de son âge qui semblèrent le reconnaître. Ce n'était donc pas la première fois qu'il venait ici…

Désorienté, Fernand chercha une chaise libre près de lui, mais n'en vit point. Il leva les yeux vers un comptoir où s'alignaient des bouteilles d'alcool et observa un instant un miroir recouvert d'une pellicule graisseuse, qui ne reflétait plus la moindre image, quand l'homme qui leur avait ouvert l'interpella à voix basse :

— Prenez place ici, lui dit-il en lui désignant une chaise libre près d'une table qu'un des joueurs quittait d'un air dépité.

Fernand obtempéra et murmura des remerciements.

Les trois hommes autour de la table le saluèrent d'un bref signe de tête. Tous les regards se concentraient sur celui qui brassait les cartes. Fernand admira un instant la dextérité et surtout les doigts longs et fins, entre lesquels les petits rectangles rouges valsaient. Une fois les cartes distribuées, les joueurs s'en emparèrent d'un seul élan. Chacun les ouvrit en éventail et les plaça d'une main experte. Ensuite, sans un mot, sans un signal, les joueurs déposèrent tour à tour un montant d'argent au centre de la table.

Quand ce fut à lui, Fernand hésita un moment puis sortit une pièce de dix sous et la déposa sur les autres pièces de monnaie.

Fernand n'était pas particulièrement amateur de jeux de cartes. Sa mère avait toujours clamé que c'était une perte de temps et que la lecture était beaucoup plus profitable. Depuis sa plus tendre enfance, il s'était surtout abreuvé aux écrits des frères du Sacré-Cœur, qui avaient rédigé beaucoup de livres destinés à l'enseignement scolaire. Il lui était bien sûr arrivé de lire quelques contes et récits d'aventures, mais c'était le roman de Philippe Aubert de Gaspé, *Les Anciens*

Canadiens, qui avait traîné le plus longtemps sur sa table de chevet.

Le brasseur de cartes tourna celle qui se trouvait sur le dessus du paquet placé au centre de la table.

— Pique atout, statua celui-ci.

Les joueurs replacèrent quelques cartes dans leur jeu. L'atmosphère dans le local devenait de plus en plus lourde, de plus en plus étouffante. Fernand déboutonna son veston, tentant en vain de se décontracter. Il lança un coup d'œil vers Philippe qui abattait son jeu sur la table en affichant un air victorieux avant de s'emparer des billets de banque qui trônaient au centre de la table.

— C'est à ton tour ! annonça son voisin de droite en dressant un épais sourcil, une pointe d'impatience dans la voix.

— Pardon... s'excusa Fernand, s'efforçant de se composer un visage déterminé malgré le feu qui empourprait ses joues.

Il pigea une carte sur le paquet et se défaussa rapidement avant de se concentrer sur le jeu.

Soudain, un léger cliquetis métallique, comme des clés qui s'entrechoquent, lui fit relever la tête. Un silence tendu s'abattit ensuite sur les joueurs et Fernand se hasarda à loucher vers son compagnon de gauche dont les traits durs exprimaient l'arrogance. Dans la pénombre, il tendit l'oreille, tous ses sens aux aguets.

Le mouvement impatient de la main de son voisin lui fit comprendre qu'il ralentissait le rythme du jeu. L'homme toisa Fernand avec un souverain mépris pendant qu'il se défaussait.

— Coudonc, sais-tu jouer, le jeune? demanda-t-il.

— C'est… heu… c'est la première fois que… bafouilla Fernand, gêné de se faire apostropher de la sorte devant les autres.

Fernand replaça une carte qui avait malencontreusement glissé de ses mains et était tombée sur la table au vu et au su de ses adversaires. Un mouvement près du mur de l'entrée attira son attention. Il aperçut un homme petit et râblé qui semblait avoir été taillé dans une pièce de granit. Il remontait du bout de son index ses lunettes qui glissaient sur son nez épais.

Comme s'il s'était agi d'un signal, quatre policiers, matraque au poing, se déployèrent dans la pièce sous les regards ahuris des joueurs.

Chapitre 16

L'enragé

Le lendemain, au moment où les étoiles pâlissaient dans le ciel de l'aube, Fernand avait enfin été libéré, après avoir signé sous un faux nom une déposition.

— Gédéon Gendron ? C'est ton vrai nom ? avait demandé le policier qui lui tendait le stylo-plume.

— Oui, avait menti Fernand d'une voix mal assurée.

L'officier n'avait pas insisté, trop occupé à remplir un autre formulaire de déclaration.

La nuit avait été longue pour les policiers dont la rafle, mise en place pour contrer les tripots illicites, avait vite rempli les cellules.

Aussitôt sa caution payée, Fernand avait quitté le poste de police en quatrième vitesse. Il avait accepté de mauvaise grâce de revenir en voiture avec Hervé Michaud, qu'il tenait responsable de sa mésaventure.

Dans la Chevrolet, les trois compères ne parlaient pas, trop occupés à élaborer les mensonges qu'ils devraient raconter à leurs parents.

Arrivé à destination, Fernand avait préféré emprunter à pied les rues du village jusqu'au pont de fer du Canadian Pacific Railway. À la fois honteux et penaud, il imaginait aisément Adèle échafaudant des scénarios tous plus noirs les uns que les autres. Il savait fort bien qu'il devrait faire face au jugement de sa mère.

« Tu n'as jamais su mentir… », lui répétait souvent son frère Adrien.

Au sortir de la cellule, où un court sommeil peuplé de songes l'avait trouvé essoufflé et nauséeux à son réveil, il avait déambulé en ville en compagnie de Philippe jusqu'à la gare du Grand Tronc. Le vent faisait gémir les cheminées et valser des tourbillons de détritus dans chaque recoin des rues tandis que des gravillons venaient les frapper au visage.

Fernand détestait la ville. Il fut content de retrouver l'odeur de rosée cristalline que le gel hâtif avait déposée sur les champs. Il se hâtait vers la maison quand des cris et des jurons provenant de la grange stoppèrent son élan. Son instinct lui commanda de ne plus avancer.

Il entendait clairement les voix d'Ernest et de Kildare qui s'entremêlaient, accompagnées de la chorale des animaux nerveux. Le bruit d'un seau de métal lancé sur le mur près de l'entrée lui fit craindre le pire et Fernand courut vers la porte qui s'ouvrit avec fracas. Ernest en sortit comme s'il avait le diable aux trousses.

— Ça se passera pas de même, le père ! hurla-t-il sans se retourner.

Kildare s'encadra sur le seuil, les cheveux hirsutes, la manche droite de sa chemise déchirée, les bretelles de ses *overalls* pendant de chaque côté de ses hanches.

— C'est encore moi qui mène icitte ! s'égosilla le père en brandissant un index accusateur vers son fils aîné. Pis la terre, tu peux faire une croix dessus ! Je te la donnerai pas ! J'aime mieux la vendre à un étranger qu'à un gars comme toi…

Ernest continua sa course, bousculant Fernand au passage.

— Qu'est-ce qui se passe ? lui demanda celui-ci, les yeux écarquillés.

— Le père est devenu fou ! répondit Ernest en jetant un coup d'œil par-dessus son épaule comme pour vérifier si Kildare le pourchassait.

— Qu'est-ce que t'as encore fait pour l'enrager ?

Ernest se raidit et, fou de colère, empoigna son frère par le collet de sa chemise.

— Tu penses que c'est toujours de ma faute, ces histoires-là ? Hein ? Le méchant Ernest qui met la marde dans la famille !

Fernand essayait d'écarter les mains de son frère qui le secouait violemment.

Une voix derrière eux les saisit.

— Lâche-le ou je te tire dessus.

Les deux rivaux se tournèrent vers Kildare qui braquait sur Ernest le canon d'un fusil.

— Voyons, le père… Vous oseriez pas faire ça à votre fils, dit Ernest en relâchant son emprise.

— Si c'est pour poussailler tout le monde pis faire mal aux animaux, comme tout à l'heure, laisse-moi te dire que j'aime mieux avoir un fils en moins.

— P'pa…

— Je te donne dix minutes pour sacrer ton camp d'icitte ! Je veux plus te voir.

— Voyons, papa… Baissez votre fusil. Un coup c'est vite parti, tenta à son tour Fernand.

— Oui, c'est vite parti, comme tu dis, mon Fernand.

Sans crier gare, Kildare leva son arme vers le ciel et fit feu.

Apeurés, une dizaine de pigeons s'envolèrent.

Kildare abaissa son arme et la pointa de nouveau vers Ernest. La colère qui se lisait sur son visage céda soudain à la tristesse.

— Va-t'en. Je veux plus de toi icitte.

Sa voix était froide et dure comme de l'acier. Il garda les lèvres pincées en hochant gravement la tête sans rien ajouter.

Le fils déchu se figea un moment, comme s'il se demandait si ce qui lui arrivait n'était pas le fruit de son imagination. Il tourna vers Fernand un visage défait sur lequel se lisait l'incompréhension.

— Tout ça parce que j'ai crissé un coup de poing sur la tête d'une vache… laissa-t-il tomber, amer.

Ernest pivota sur les talons et partit vers la maison.

*

Ce matin-là, alors que le gel présageait un hiver hâtif, Ernest avait peiné à s'extirper de la chaleur de son lit. Le meuglement des vaches, le hennissement des juments, ainsi que le caquètement incessant des poules qui lui parvenaient par la fenêtre laissée entrouverte, tout ça lui signifiait, encore une fois, que le labeur routinier le tuerait à petit feu.

Comme il détestait ce travail de fermier ! Il avait quitté les camps de bûcherons du Vermont justement parce que le travail était éreintant et pas payant. Il aurait préféré, comme beaucoup d'autres hommes de son âge, travailler dans une usine. Au moins, les heures de travail étaient régulières et Ernest était persuadé qu'il serait rapidement devenu contremaître.

À presque trente-quatre ans, il était encore candidat à la conscription – et donc en infraction. Deux de ses anciens compagnons d'exil, insoumis mais revenus au pays depuis une semaine à peine, parce qu'ils s'ennuyaient de leur famille, avaient été capturés par la police militaire et emprisonnés illico. Pour lui aussi, il en était certain, ce n'était plus qu'une question de temps.

⁂

Sur le chemin de la maison, Ernest se retourna et regarda une dernière fois Fernand, qui serait lui aussi appelé sous les drapeaux sous peu. Fernand haussa les épaules et voulut prononcer quelques mots de réconfort que lui dictait la charité, mais les paroles restèrent coincées au fond de sa gorge nouée.

Quand Ernest rentra dans la cuisine, où l'accueillit Adèle, la souffrance qui l'accablait le poussa à prononcer des mots qu'il aurait dû taire…

— Le père est fou ! Moi je décrisse avant qu'il tue tout le monde. Pis vous aussi la mère, faites ben attention, y va vous faire mourir…

— Ernest… tenta-t-elle en vain.

— Y est fou ! cria-t-il en s'élançant dans l'escalier.

Fernand surgit dans la cuisine peu après et dévisagea sa mère dont le regard fixe lui parut bizarre.

— Maman ?

Adèle semblait tétanisée, la bouche ouverte, comme si elle ne parvenait pas à parler. Soudain, Ernest dévala l'escalier en hâte, une valise à la main. Il avait troqué ses vêtements de fermier pour ceux qu'il portait à son arrivée, quelques mois plus tôt. Sans un regard, sans un adieu, il sortit de la maison.

Une fois la porte refermée, Adèle porta une main à sa poitrine. Elle avait le souffle court et semblait avoir du mal à respirer. Fernand fut aussitôt près d'elle et voulut la faire asseoir sur une chaise près de la table, mais, d'un geste discret, Adèle refusa son aide. Elle se redressa et marcha lentement vers sa chambre dans laquelle elle s'enferma pour pleurer.

Demeuré seul dans la cuisine, Fernand se rendit jusqu'au poêle. Il souleva le couvercle du chaudron, s'empara de la cuiller de bois sur la plaque du réchaud et remua doucement la soupe aux légumes qui mijotait depuis le début de la matinée. Une bonne odeur de poireaux, d'oignons et de carottes s'échappa du chaudron. Fernand remit le couvercle et l'ustensile en place et ouvrit la porte du fourneau. Une tarte aux pommes y dorait lentement. Le cadet de la famille referma la porte, souleva un des ronds et vérifia s'il y avait suffisamment de bois. Son examen terminé, l'homme se dirigea vers la porte, enfila son manteau, ses « chouclaques » et sa casquette puis sortit. Il descendit sans hâte les marches du perron et fit quelques pas en direction de la grange d'où lui parvenait un silence de mort.

Fernand hésita un moment et s'approcha du bâtiment. Une colère confuse contre son père et son frère grondait en lui. Dans le ciel, le vol de grands oiseaux migrateurs sillonna le firmament qui se couvrait de nuages gris. À ses pieds, une couche d'air immobile et frais s'étendait comme une couverture.

Il fit demi-tour et quitta les abords de la grange, bien résolu à poursuivre le chemin que le destin lui traçait.

Ernest n'aurait pas la terre, ni aucun des fils Dupré. Fernand en était désormais convaincu.

Chapitre 17

Les conventions

Henriette marchait vers la E.T. Corset. À cette heure matinale, la file des travailleurs – des travailleuses surtout – s'allongeait sur les trottoirs aspergés de pluie. Les parapluies noirs formaient un dôme au-dessus de leurs têtes penchées. Serrées l'une contre l'autre sous l'un d'eux, deux jeunes filles, à peine plus vieilles qu'Estelle, passèrent près d'elle d'un pas pressé avant de s'engager sur le raccourci, un sentier que les pas des promeneurs gardaient praticable en toutes saisons.

On racontait qu'un homme y rôdait souvent, drapé dans son paletot de laine beige. Il errait lentement entre les travailleuses pressées avant d'ouvrir son manteau, découvrant son membre turgescent sous les cris apeurés de ses victimes. Malgré plusieurs plaintes, les policiers n'avaient jamais mis la main au collet de l'exhibitionniste que tout le monde croyait échappé de l'hôpital, non loin.

Henriette suivait maintenant d'autres femmes qui empruntaient un trottoir menant à l'escalier de la Gotham Hosiery, spécialisée dans la fabrication des bas de soie.

La jeune femme aurait bien aimé travailler pour cette manufacture, où les nouvelles employées recevaient une paire de bas en guise de bienvenue. C'était une idée du vice-président, un certain monsieur John J. Egan qui avait acheté une maison à trois étages, rue Girouard, boudant la rue Saint-Pierre où s'étaient regroupés la plupart des patrons de langue anglaise.

Henriette continua son chemin, bifurqua à droite et s'engagea rue Laframboise. Le vent qui s'engouffrait sous son manteau la fit frissonner et elle resserra son collet autour de son cou. Sur le trottoir, les feuilles balayées par le vent mauvais se soulevèrent, exécutant autour d'elle une sarabande endiablée.

Estelle ne l'accompagnait pas, une vilaine fièvre la clouant au lit. Depuis quelques semaines, la benjamine de la famille Camirand avait trouvé un emploi, elle aussi, à la E.T. Corset. Elle triait les différentes attaches et autre quincaillerie servant à la confection des soutiens-gorge ou des corsets.

*

— Tu boiras le bouillon de poulet que j'ai laissé sur le comptoir, et surtout n'ouvre à personne que tu ne connais pas, lui avait-elle recommandé en bonne sœur aînée en quittant à regret le petit logement de deux minuscules pièces de la rue Duclos, où les deux sœurs avaient élu domicile et où, déjà, le poêle à l'huile était allumé tous les soirs.

Henriette songea à la situation de plus en plus précaire qui les obligeait à économiser sur la nourriture. Estelle mangeait comme un oiseau et avait maigri, tout comme Henriette qui, au moins, s'enorgueillissait que sa taille se soit affinée.

« À quelque chose malheur est bon », s'encourageait-elle souvent.

Leurs maigres salaires combinés ne suffisant pas à les faire vivre convenablement, Henriette avait trouvé un second emploi qui lui fournissait quelques dollars de plus.

« Bof… Faire des ménages les samedis après-midi, après mon travail à la manufacture, c'est pas trop fatigant », mentait-elle à sa cadette qui l'attendait souvent, à l'heure du souper, devant une soupe aux nouilles.

Henriette songeait parfois qu'il lui serait bon de pouvoir compter sur un mari qui prendrait soin d'elle. Depuis qu'elle avait quitté Roxton Falls, elle ne rêvait que de retrouver la chaleur d'une vraie maison entourée d'un jardin fleuri.

Venant de nulle part, un chat surgit devant elle, la tirant brusquement de sa rêverie. Surprise, Henriette fit un pas de côté, coinçant par le fait même son talon dans une anfractuosité du trottoir. Elle tomba à la renverse, évitant de justesse que sa tête n'aille cogner le béton froid. Le cuir de son gant protégea sa main gauche d'une éraflure assurée, mais le nylon fragile de son bas se déchira d'un coup sec, tandis qu'une longue égratignure marqua la chair de son mollet. Voulant à tout prix se soustraire aux regards des curieux qui passaient non loin, la jeune femme se releva en vitesse, ramassa son sac à main qui gisait sur le trottoir, se disant qu'elle soignerait sa blessure dès qu'elle serait rentrée au travail. Elle garda le front baissé jusque devant la porte de la E.T. Corset, où elle entra promptement.

—Mon Dieu, Henriette, t'es blessée! s'exclama sa nouvelle compagne de travail, Juliette, quand elle aperçut le filet de sang qui coulait de sa jambe jusqu'au talon.

—C'est juste une égratignure…

Elle jeta un coup d'œil désolé à son bas qui pendait en lambeaux.

—Mon bas, par contre, est tout déchiré, gémit-elle. Je peux pas rester comme ça toute la journée…

—Viens par ici, je vais t'en trouver un, s'empressa de dire sa collègue.

Henriette suivit celle qui était devenue sa confidente.

Originaire de Roxton Ponds, Juliette avait tout de suite sympathisé avec la nouvelle employée avec qui elle se découvrait tellement de points communs. Les deux villes, bien qu'éloignées de quelques milles l'une de l'autre, n'en demeuraient pas moins dans la même région. Souvent, au cours de leurs brèves conversations pendant les trente minutes du dîner, les deux femmes évoquaient des lieux et des personnes connues. C'est ainsi qu'Henriette avait appris la grève des ouvriers de la Stainless Steel Company, pour laquelle le père de Juliette Mainville travaillait depuis plus de vingt ans.

— Avec le grand besoin de métal pour les munitions, et les patrons qui leur demandent de faire des heures supplémentaires, les conditions de travail se sont beaucoup détériorées. Mon oncle Jasmin s'est même coupé deux doigts sur une machine. Il s'était presque endormi tellement il était fatigué !

Henriette aimait le babillage joyeux de sa compagne, mais aussi son franc-parler : elle était prompte à dénoncer les abus de pouvoir des patrons et des gouvernements. Juliette se vantait d'ailleurs d'avoir milité pour les suffragettes et elle était très contente de pouvoir enfin voter aux prochaines élections provinciales prévues à peine neuf mois plus tard. Elle croyait que tous les employés devraient se syndiquer, même si ça ne faisait pas l'affaire des employeurs qui menaçaient de mettre à la porte quiconque osait en parler ouvertement.

« Vous allez voir que les choses vont changer, maintenant que les femmes ont voix au chapitre ! », se plaisait-elle à répéter à qui voulait l'entendre.

Juliette avait confié à Henriette qu'elle ne cherchait pas à se marier. La seule pensée de devenir l'esclave d'un homme la rebutait et elle ne voulait rien savoir d'entrer en religion.

« J'aime mieux finir vieille fille ! », clamait-elle haut et fort.

Henriette comprenait que la vraie nature de son amie se cachait probablement derrière un secret qu'elle ne dévoilerait qu'à des personnes en qui elle aurait entièrement confiance. Henriette n'était pas encore de celles-là et s'en réjouit : elle ne voulait pas recevoir des révélations qui auraient pu la tourmenter, voire la choquer.

L'homosexualité probable de son amie lui fit penser à son frère Gaston, sur le dos duquel pareil soupçon avait couru.

Elle n'avait pas eu de nouvelles de lui depuis son mariage. Pas plus d'ailleurs qu'elle n'avait reçu de lettres de ses autres frères et sœurs, trop occupés à élever leurs familles et à travailler à leur bonheur.

« Ils se sacrent bien de ce qu'on devient… », songea-t-elle, amère.

Juliette revint près d'elle, un bas de soie roulé en boule dans sa main droite.

— Tiens ! Il est pas tout à fait de la même teinte que le tien, mais c'est mieux que rien, dit-elle en le déposant sur ses genoux.

— Merci ! T'es gentille.

— Qu'est-ce que tu fais, ce soir ?

— Rien, pourquoi ?

— Ça te dirait d'aller écouter chanter Willie Lamothe au Grand Château ?

— Je… Ma sœur est malade et je dois prendre soin d'elle ce soir…

— Je comprends, mentit Juliette, bien au fait des difficultés financières de son amie. Bon, je vais retourner à mon moulin, conclut-elle.

— Je vais aller changer mon bas aux toilettes, décréta Henriette en joignant le geste à la parole.

— On se voit à l'heure du lunch, comme d'habitude ?

Henriette acquiesça et disparut derrière la cloison de bois qui fermait l'entrée des latrines.

Le roulement saccadé des machines à coudre envahit l'immense salle où les femmes, penchées au-dessus des morceaux de coton à assembler, travaillaient pour l'effort de guerre.

Chapitre 18

Le zombie

— T'as reçu ta lettre ?

Le regard d'Adèle allait d'Adrien à Fernand.

— Depuis quand ? demanda Fernand.

— Une semaine, répondit Adrien qui ne semblait plus effrayé de se conformer à la loi de la conscription, comme à la fin de l'été.

— Tu voulais pas entrer chez les frères du Sacré-Cœur ? interrogea encore Fernand.

— On entre pas si facilement que ça en religion… répondit-il, n'osant avouer que ses multiples retards lui avaient même fait perdre son plus récent emploi de concierge au sein de la communauté, qui l'avait pris à l'essai.

— As-tu passé tes tests médicaux ? demanda la mère.

— Oui. Je suis en grande forme. Un vrai cœur d'athlète, qu'il a dit, le docteur.

Adrien était fier du résultat des tests – bien qu'il eût préféré être dispensé pour cause de pieds plats, comme ça se soldait dans bien des cas de rejet.

— Tu vas donc aller en Angleterre ? demanda Fernand.

— Pas tout de suite, répondit Adrien en s'emparant d'une fourchette qu'il piqua dans une énorme pointe de tarte aux pommes que sa mère venait de déposer devant lui.

— À Valcartier, d'abord ? questionna encore son frère cadet.

— Non, à Sherbrooke. Au camp numéro 42. C'est plein de prisonniers allemands là-dedans.

— Des prisonniers allemands ? répéta Adèle, qui n'en croyait pas ses oreilles.

— Comme je vous l'dis, la mère. Depuis que les prisons de la Grande-Bretagne sont pleines, ils envoient des Allemands au Canada. Comme ça, ils sont certains qu'ils ne feront pas des complots entre eux…

Adrien se tut un moment et engloutit une dernière bouchée de son dessert préféré. Il se lécha les lèvres avant de les essuyer du revers de la main.

— En tout cas, j'suis ben content d'avoir refusé d'aller au front, même si je me fais traiter de zombie. J'aime ben mieux travailler au camp ! Y en a plein, partout dans la province de Québec. À Farnham, à

Sorel, à l'Île-aux-Noix, à Saint-Jean-sur-Richelieu. Y en a aussi en Ontario, en Alberta pis en Colombie-Britannique.

— C'est loin, la Colombie-Britannique, souffla Adèle, contente qu'Adrien n'y ait pas été envoyé.

— Oui, pis ça parle anglais. Moi, je baragouine quelques mots, mais pas assez pour travailler en anglais. Ça va être difficile, avec les prisonniers pis les réfugiés. Paraîtrait qu'y parlent pas français en plus…

Adrien se leva et ajusta la veste de son uniforme un peu trop serré.

— Tu pars quand pour Sherbrooke ? demanda Adèle en se levant à son tour.

— Demain matin.

La mère s'approcha de ce fils qu'elle savait aventurier et enclin au plaisir, mais pas si mauvais garçon après tout. Le visage d'Ernest se superposa un court instant à celui d'Adrien et la tristesse se peignit un moment sur le visage de celle qui voyait ses fils quitter le nid l'un après l'autre.

Adrien lui offrit son sourire le plus rassurant.

— Vous en faites pas, m'man. Y paraît qu'on est bien traités au camp. Même les prisonniers ! Y a des petites vues deux fois par semaine, un terrain de tennis, une bibliothèque…

— Mon Dieu, c'est pas une prison, c'est un hôtel de luxe, ce camp-là ! s'exclama Fernand.

— Je te parle juste des loisirs, mais ils travaillent aussi. Ils cousent des vêtements, réparent des chaussures ou travaillent le bois. Y reçoivent cinquante cents par jour, qu'on m'a dit.

Fernand écarquilla les yeux et poussa un long sifflement d'admiration.

— C'est pas rien ! Moi je gagne à peine quarante cents par jour à la manufacture…

— Oui, mais t'es libre de sortir et d'aller où tu veux. Pas eux. Ça fait toute la différence.

— Et toi ? demanda Adèle. Es-tu bien logé, bien nourri, bien payé ?

— J'ai pas à me plaindre, tant que je vais pas me battre, répondit Adrien, taisant à sa mère que la plus grande privation de ce nouveau métier était sans contredit l'absence de femmes et autres plaisirs.

Il fallait qu'Adrien dompte ses ardeurs. Le règlement était très strict et quiconque y dérogeait pouvait avoir affaire à la justice militaire, qui ne badinait pas avec ce genre d'incartades.

Le nouveau soldat se concentrait sur son travail, content d'avoir échappé à un poste dans l'infanterie où il aurait été appelé au front dès que l'occasion se serait présentée. La guerre, qui amenait des prisonniers allemands au Canada, nécessitait des effectifs militaires que l'armée ne pouvait plus puiser parmi les vétérans de la Première Guerre mondiale. De plus, en se faisant offrir des postes dans les camps du Québec, les nouveaux conscrits ne songeaient plus à déserter. Ce qui faisait l'affaire de tout le monde…

—Je dois partir. Salut, la mère ! lança Adrien en déposant un timide baiser sur la joue d'Adèle.

Il se tourna vers Fernand.

— Salut, le frérot. Qui sait, tu vas peut-être venir me rejoindre dans pas longtemps…

—Je pense pas, parce que je vais me marier.

Adrien et Adèle le fixèrent d'un regard étonné.

—Avec une femme que j'ai rencontrée depuis quelques semaines. Elle s'appelle Henriette… et j'ai promis à sa mère de veiller sur elle.

Chapitre 19

La grande demande

— *Agnus Dei, qui tollis peccàta mundi, miserere nobis.*

La voix de ténor de Fernand se mêlait à celles des choristes rassemblés dans le jubé de l'église paroissiale. Dans la nef, les fidèles qui assistaient à cette messe du premier dimanche de l'Avent 1943 accordaient leurs prières à celles chantées par le chœur.

— *Agnus Dei, qui tollis peccàta mundi, dona nobis pacem.*

L'orgue se tut et le silence remplit l'enceinte. Une femme toussota, le brisant quelques secondes avant que le célébrant ne fractionne l'hostie consacrée, pain béni entre tous et qui, dans la communion, donnait aux cœurs purs l'impression de goûter au divin et ainsi d'être nourris de la présence de Jésus.

Fernand sortit son mouchoir de coton et s'épongea le front. Il avait chaud. Non pas que le jubé, en ce début décembre, soit étouffant ! C'était plutôt sa conscience qui le taraudait. Il porta son attention vers le prêtre qui, un ciboire doré rempli d'hosties consacrées entre les mains, allait à la rencontre des fidèles agenouillés à la balustrade.

« Tu ne peux pas communier, susurra une petite voix, parce que tu as menti... »

Fernand ferma les yeux.

Les souvenirs affluèrent. Il se retrouvait dans le tripot, il entendait les cris, les jurons, il voyait les chaises qui volaient dans les airs, les coups de poing échangés entre des policiers acharnés et de pauvres bougres apeurés. Le canon du revolver pointé en sa direction. Les ordres hurlés.

Cette première incursion dans un monde illicite avait été un véritable enfer. D'autant plus que pour la première fois de sa vie, il avait passé la nuit dans une cellule en prison.

Un sentiment de honte le terrassa en même temps qu'un vertige le fit chanceler.

— Fernand ? Ça va ? chuchota Carmen, une des choristes près de lui.

Fernand hocha de la tête et lui fit comprendre par des gestes éloquents qu'il devait quitter les lieux au plus vite. Il déposa son cahier de chant sur le banc derrière lui, attrapa son paletot et son chapeau et déguerpit en douce, marchant sur la pointe des pieds, évitant les endroits fragiles du parquet qui auraient gémi sous ses pas. Il descendit l'escalier étroit et surgit enfin devant la sortie, où il tomba nez à nez avec Henriette Camirand qui quittait précipitamment la nef.

— Oh ! s'exclama-t-elle à mi-voix. Vous m'avez fait peur.

— Je suis désolé… s'excusa Fernand, qui lui ouvrit la porte.

Henriette fut la première à mettre le pied sur le parvis. Elle fouilla nerveusement au fond de son sac à main à la recherche d'un mouchoir avec lequel elle s'épongea les yeux.

Elle pleurait.

— Ça va ? s'inquiéta Fernand.

— Pas vraiment…

Comment lui dire toute la peine qui gonflait sa poitrine à l'en faire éclater ? Comment lui annoncer la mort de sa chère maman et surtout lui avouer son angoisse de n'avoir devant elle qu'un avenir peu reluisant ?

La vie avec Estelle lui devenait de plus en plus pénible, le travail à la manufacture éreintant, et les heures à se pencher au-dessus de sa machine à coudre de plus en plus inconfortables. Et que dire du petit logis insalubre qu'elle partageait avec sa sœur ? Henriette avait pourtant cherché un logis plus décent, plus grand, mais elle ne pouvait rien s'offrir de mieux, faute d'argent.

Henriette avait même appelé Gaston à l'aide dans une lettre qui lui exprimait son incapacité à pourvoir aux besoins de sa sœur, mais celui-ci avait répondu qu'il avait mieux à faire que de s'occuper de deux « capricieuses ».

Capricieuses…

Était-ce du caprice, après une longue journée de labeur, de vouloir dormir dans un lit sans punaises, ou vivre sans avoir à chasser des coquerelles des tiroirs de la commode ? Sans parler des trappes à souris qu'elle avait dû acheter pour ne pas être envahie par ces sales bestioles.

— Aimeriez-vous marcher un peu ? l'invita Fernand.

Henriette acquiesça d'un signe de tête et accepta le bras de Fernand sur lequel elle prit appui pour descendre les marches de ciment que le gel du matin rendait glissantes.

Ils marchèrent à pas lents, en silence, bras dessus, bras dessous, respirant profondément l'air pur et frais.

— Maman est morte, finit-elle par avouer.

— Depuis quand ?

— Deux semaines…

— L'avoir su, je serais allé aux funérailles…

— Ça s'est fait très vite. Gaston, mon frère, a décidé de payer une messe simple. Maman était pas riche.

— Je comprends.

— Et puis il a dû se marier deux jours plus tard, enchaîna-t-elle, disculpant celui qui avait troqué le célibat contre un mariage forcé.

— La conscription ! Elle épargne personne… souffla Fernand.

Henriette stoppa net et se tourna vers lui.

— Avez-vous reçu votre lettre, vous aussi ? s'inquiéta-t-elle.

— Non, mais ça va pas tarder, j'en suis pas mal certain.

Fernand plongea un regard triste dans celui de la jeune femme. Il vit les larmes qui brillaient, les lèvres qui tremblaient. Un sentiment puissant poussa la barrière de ses lèvres.

— Henriette… Voulez-vous qu'on se marie ?

Interloquée par une telle demande, Henriette ne réagit pas tout de suite.

— Excusez-moi de vous demander ça comme ça, continua Fernand, gêné. J'aurais pas dû…

— Vous avez pas à vous excuser, c'est juste un peu…

— … Prématuré, compléta Fernand.

— On se connaît pas beaucoup.

Fernand baissa la tête.

Hier encore, deux jeunes hommes du village avaient quitté leur famille en pleurs, obligés de se conformer à la loi. Le trentenaire avait trop attendu et il savait la fatalité proche.

— Le temps presse, avoua Fernand.

Ces mots résonnèrent un long moment dans la tête d'Henriette.

Pour elle aussi le temps pressait. Elle était déjà âgée pour avoir un premier enfant. Qui sait si même elle en aurait? La jeune femme n'avait encore jamais senti le poids des années lui peser autant sur les épaules. Un fardeau quotidien qui lui faisait courber le dos et remiser ses rêves d'avenir dans un coffret bien verrouillé.

Elle aurait aimé qu'Estelle puisse terminer ses études. Elle lui avait d'ailleurs parlé d'un regroupement, la JOC, qui s'occupait de la jeunesse ouvrière catholique. Cet organisme œuvrait dans toute la province en offrant des services sociaux de toutes sortes. Henriette savait que la JOC dispensait des services d'aide familiale pour les filles qui travaillaient comme bonnes à tout faire dans les familles. Une campagne avait même été mise sur pied pour les informer des dangers des abus de leurs employeurs. Les revendications syndicales étaient aussi à l'honneur, des services de préparation au mariage, ainsi que des services d'aide familiale et économique. La JOC offrait aussi un service de préparation à l'avenir, la SPA.

L'avenir…

Henriette songea un court instant aux paroles d'Estelle, dites dans un moment de colère, alors que l'aînée lui avait défendu de fréquenter un certain Eugène Lachance, rencontré au hasard d'une soirée chez une compagne de travail.

— C'est pas un garçon pour toi ! avait déclaré Henriette quand Estelle lui avait demandé la permission d'accompagner son nouveau soupirant au parc Dessaulles pour une promenade.

— Tu peux pas m'en empêcher, avait répliqué la cadette. T'es pas ma mère !

— Peut-être pas, mais t'es encore sous ma responsabilité.

— Pas pour longtemps... avait coupé Estelle, du feu dans les yeux.

— Qu'est-ce que tu veux dire ?

— Que je me suis trouvé une chambre ailleurs.

— Où ça ?

— Chez la mère d'Eugène. Elle prend deux jeunes filles en pension. Il y en a une qui part la semaine prochaine.

L'annonce de la traîtrise d'Estelle l'avait à ce point outrée qu'Henriette n'avait pu s'empêcher de la gifler, geste qu'elle avait aussitôt regretté. Il était hélas, trop tard, le mal était fait.

Une main sur la joue, Estelle l'avait foudroyée du regard.

Les deux sœurs s'étaient regardées en chiens de faïence un long moment avant que la benjamine, d'un ton grave trahissant une colère retenue, laisse tomber l'ultime parole d'abandon.

— Je dors pas ici ce soir.

— Où vas-tu dormir ?

— Tu le sauras pas. Pis à partir de maintenant, j'ai plus de comptes à te rendre.

Estelle était partie, ses maigres biens dans une petite valise.

Morte de remords et d'inquiétude toute la nuit, Henriette avait prié sa mère, la Vierge Marie et tous les saints de veiller sur sa petite sœur, et surtout de la ramener au bercail et à la raison. L'aube l'avait trouvée recroquevillée dans son lit, la taie d'oreiller encore humide de ses larmes.

Telle une mère ayant perdu son enfant, Henriette avait alors ressenti le vide immense de sa vie. Elle en voulait à la terre entière de tous ces abandons. La solitude qu'elle envisageait ne présageait qu'une vie remplie de silence et d'abnégation.

Au cours des nuits suivantes, la jeune femme avait désespérément tenté de chercher la paix dans la prière. Au hasard de ses quelques promenades solitaires, les éclats de rire des enfants et le bonheur des couples enlacés n'avaient fait que renforcer son mal d'être.

« La vie est bien cruelle… », se disait-elle souvent.

Elle aurait bien aimé pouvoir confier son désespoir à Liliane, sa sœur préférée. Hélas, ses devoirs de mère et d'épouse la gardaient au fin fond de la campagne, près de Valcourt…

Aujourd'hui, le destin plaçait encore cet homme sur son chemin.

Ce n'était pas un sentiment d'amour qui la portait à rechercher sa présence, mais le regard franc de Fernand, son sourire un peu triste, sa tenue toujours soignée la sécurisaient et lui laissaient présager que cet homme pourrait être un bon compagnon.

Henriette comprit que si elle ne saisissait pas l'occasion de se bâtir une vie décente avec celui qui demandait sa main d'une façon peu orthodoxe, il serait trop tard. La chance, si chance il y avait, ne se présenterait pas deux fois.

— Oui.

La réponse d'Henriette résonna aux oreilles de Fernand au même moment que les cloches de l'église carillonnaient, marquant ainsi la fin de l'office religieux. Les fidèles envahirent presque aussitôt le parvis et les trottoirs, remplissant l'air de leurs babillages joyeux.

— Vous… tu veux ? bredouilla Fernand, incrédule.

— Oui, répéta Henriette, un sourire radieux étirant ses lèvres.

Fernand s'approcha d'elle et déposa un doux baiser sur la joue que le froid de décembre avait rougie. Il lui prit la main et l'entraîna à sa suite.

Le couple chemina jusque chez les Dupré en échangeant peu de mots. Dès qu'ils furent dans la maison, ils annoncèrent leurs fiançailles à la famille rassemblée autour du dîner dominical.

Chapitre 20

La nouvelle

Deux semaines s'étaient écoulées depuis que Fernand avait annoncé son prochain mariage avec Henriette. Dès leur première rencontre, Adèle et Kildare étaient tombés sous le charme discret de cette jeune femme. Pour Adèle, cette annonce mettait surtout fin à l'angoisse de voir Fernand conscrit. De son côté, Kildare bénissait cette union qui lui enlevait le poids du remords. Même s'il n'avait pas hérité de la ferme, Fernand avait au moins trouvé une femme pour fonder une famille. Et puis, le fermier ne pouvait s'empêcher de trouver Henriette plus jolie que Madeleine Gauthier…

— On va venir vous visiter tous les dimanches. C'est promis ! avait dit Fernand.

— Fais pas des promesses que tu pourras pas tenir, l'avait gentiment taquiné Adèle.

— Vous me connaissez mieux que ça, maman, avait-il riposté, un peu vexé.

— Ben sûr que je te connais…

Le travail à la manufacture avait tenu Fernand occupé, tout comme la recherche d'un logis. Plus la date du mariage approchait, plus il lui tardait de quitter la ferme familiale.

Son frère Adrien n'avait plus donné de nouvelles, tout comme Ernest que tout le monde croyait reparti en exil.

*

— Ernest est marié! lui annonça sa mère, quand il mit le pied dans la maison.

— Déjà?

— Avec une fille de dix-sept ans en plus! ajouta Kildare qui n'en revenait pas du toupet de son fils de prendre une aussi jeune fille pour épouse alors qu'il en avait déjà trente-huit.

— Moi, ça m'étonne pas pantoute. Je suis certain qu'il a choisi quelqu'un qui le contredira pas et qu'il va pouvoir mener par le bout du nez…

— Fernand, sois pas mesquin, coupa sa mère. Il l'aime peut-être pour vrai.

— Elle aussi, j'espère…

Adèle se leva et quitta la table chargée de la vaisselle sale qu'elle alla immédiatement porter dans la cuve d'acier galvanisé remplie à moitié d'eau bouillante tirée à même le réservoir du poêle de fonte Bélanger. Avec ses six ronds, ses deux réchauds surmontés d'une frise flanquée d'un miroir aux contours biseautés, son fourneau large et son réservoir contenant plus de dix gallons d'eau, cette cuisinière, cadeau de noces des parents de la mariée, gardait la maisonnée chaude durant les longs mois d'hiver.

Fernand termina à son tour son repas et ramassa ses ustensiles qu'il déposa dans son assiette souillée qu'il s'empressa d'aller placer par-dessus les autres dans l'évier. Quand il fut près de sa mère, il nota ses traits tirés et son front strié de rides. Il baissa les yeux, conscient que les enfants, même en vieillissant, donnaient bien malgré eux des inquiétudes à leur mère. Il remarqua les bottines de cuir noir qui dépassaient de la jupe de laine grise et en nota les signes évidents d'usure.

— Faudrait vous acheter des nouveaux souliers, m'man, dit-il en les désignant du menton.

Adèle leva un pied devant elle et examina un moment l'état de sa chaussure.

— Elles sont encore bonnes, conclut-elle.

— J'en couds des belles à l'usine, je pourrais vous en sortir une paire…

— Perds pas ton temps pis ton argent à me faire des cadeaux, mon garçon. Garde ton argent pour ton mariage et pour t'installer avec ta belle Henriette.

Déjà que tu passes tes congés à m'aider au lavage, au ménage…

— Vous êtes toujours toute seule à tout faire ! protesta Fernand, dénonçant ainsi l'attitude de Kildare qui semblait de plus en plus prendre sa femme pour une servante.

— Y a rien qui presse à part les repas, précisa-t-elle.

— Oui, mais la maison est en désordre sans bon sens.

— T'aimes pas ça, toi, le désordre, hein ? le taquina-t-elle dans un demi-sourire.

— Pas vraiment ! Et puis, ça me met mal à l'aise quand on a de la visite.

Adèle le dévisagea d'un air mécontent.

— Aurais-tu honte de nous autres, par hasard ?

— Non, mais…

— Mais quoi ? C'est donc pour ça que t'amènes rarement quelqu'un à la maison ?

— J'ai pas…

— D'ailleurs, où vas-tu ? continua Adèle dont la colère colorait les joues. J'espère que t'es pas en train de prendre les manies d'Adrien maintenant que tu travailles au village…

— Ç'a rien à voir avec mon travail.

Mais Adèle n'en avait pas fini :

— Tu te sens libre maintenant que tu fais de l'argent. Tu te prives pas pour t'acheter des nouveaux vêtements. Ça coûte cher, ces affaires-là.

— J'avais besoin d'un nouvel habit et d'un paletot. Vous allez pas me reprocher d'avoir l'air du monde ?

— Pour qui ?

— Pour Henriette.

Les pensées de Fernand volèrent vers un petit logement situé tout près de hauts hangars à grain appartenant à la famille Guertin et dans lequel le nouveau couple emménagerait dès le soir du mariage. En ces temps difficiles, le voyage de noces avait, bien entendu, été relégué aux calendes grecques. Fernand aurait pourtant bien aimé pouvoir payer deux billets de train pour aller visiter Québec, que l'on disait faite pour les amoureux. Le Château Frontenac, il ne l'avait vu que sur une carte postale. Et ils se seraient bien amusés sur la longue glissade de la Terrasse Dufferin…

Un sourire étira ses lèvres au souvenir du rire cristallin de celle qui partageait ses rêves depuis deux mois déjà.

Adèle fut témoin de sa rêverie. Elle se radoucit aussitôt.

— T'es heureux ? demanda-t-elle doucement.

— Oui, répondit-il, un peu mal à l'aise de s'ouvrir ainsi.

— Henriette est une bonne femme.

— Dévouée et très travaillante, compléta Fernand.

Il marcha vers la table d'appoint placée juste devant la fenêtre donnant sur la galerie et en profita pour jeter un coup d'œil sur les environs.

Dehors, la neige avait recouvert les champs et les toits des bâtiments croulaient presque sous l'épaisse couche blanche.

— Y a de la neige sans bon sens ! dit-il sans quitter le paysage des yeux.

Adèle vint se placer à ses côtés et plongea ses prunelles d'azur dans le paysage immaculé à son tour.

— Oui, pis il fait un froid de canard depuis deux semaines.

Une expression préoccupée assombrit soudain Adèle et Fernand la sentit se tendre.

— Qu'est-ce qu'il y a qui va pas, m'man ?

Adèle effectua lentement un tour complet sur elle-même et embrassa du regard la pièce. Elle cligna des paupières et secoua lentement la tête, cherchant à dompter l'immense peine qui la submergeait. Elle se mit à trembler.

— Maman ? s'alarma Fernand qui entoura les épaules de sa mère dont le dos se voûtait sous le chagrin.

Adèle fut prise d'un vertige et se laissa choir dans la berceuse tout près. Fernand fut aussitôt à ses genoux.

— Voulez-vous que j'aille chercher le père ?

D'un geste de la main, elle lui signifia de n'en rien faire.

Depuis le départ de ses enfants, Adèle avait perdu une partie d'elle-même. Le départ de Fernand surtout avait creusé un grand vide que rien ne comblait. À presque soixante-dix-sept ans, celle qui avait jadis rêvé d'être entourée d'une ribambelle d'enfants joyeux se retrouvait maintenant vieille et esseulée. Le travail de la ferme accaparait tellement Kildare qu'il ne quittait les bâtiments que pour aller manger ou se coucher, fourbu et silencieux. Fernand… ce petit garçon un peu rond aux yeux expressifs et parfois inquiets, qui avait su réjouir sa vieillesse, lui manquait terriblement. Mais ça, elle ne devrait jamais le lui avouer. Ç'aurait été contre sa nature. Et elle ne voulait surtout pas inspirer la pitié.

Des pas sur la galerie les firent tressaillir tous deux.

Kildare entra, les épaules recouvertes d'une neige duveteuse.

— Il s'est remis à neiger ! claironna-t-il.

Il enlevait son couvre-chef, quand il aperçut les mines grises tournées vers lui.

— Qu'est-ce qui se passe ? demanda-t-il, inquiet.

— M'man va pas bien. Il faudrait aller chercher le docteur… suggéra Fernand.

Sa mère le fit taire d'un geste las de la main.

—Je suis juste un peu fatiguée. Je vais aller me reposer. Après, ça ira mieux…

Adèle se leva avec peine et clopina vers la chambre.

Lorsque la porte fut close, Fernand se tourna vers Kildare, qui posa sur lui un regard triste et inquiet.

— Qu'est-ce qu'il y a, p'pa?

— Ta mère a eu une attaque…

— Quoi?

— Elle l'avouera jamais, mais le docteur a dit que son cœur est fragile.

La nouvelle eut sur Fernand l'effet d'une bombe.

Sa mère se mourait…

Son désarroi faisait si peine à voir que Kildare s'approcha et posa une main sur l'épaule de ce fils qui lui était resté fidèle, malgré ses mauvaises décisions.

Fernand leva la tête vers son paternel dont les yeux s'étaient remplis de larmes.

— Et vous, p'pa, ça va?

— Ça va… Ça va… le rassura-t-il en desserrant son étreinte et en s'essuyant les yeux du revers de la main. Y a du travail sans bon sens, mais j'arrive à pas mal tout faire dans une journée. Je remets des travaux moins importants, mais j'ai plus le temps d'être avec ta mère. La pauvre se morfond à longueur de journée. Et depuis que tu passes plus de temps à ton futur logement, la maison est bien vide.

—Je dois aller peinturer les murs et aussi réparer les fenêtres si je veux être prêt à y emménager dans un mois. Avec les dimanches où je peux pas travailler, pis le temps des Fêtes qui s'en vient, j'ai pas grand temps pour tout terminer.

—Je sais... Je comprends, mon gars... T'as pas à t'excuser... Ça va arriver vite, pis ton Henriette, elle va être ben contente que tout soit prêt.

—Oui, elle a ben hâte elle aussi! Elle aimerait pouvoir venir m'aider, mais avec toutes les heures qu'elle passe à la manufacture, il lui reste pas beaucoup de temps pour autre chose.

—Je comprends...

Fernand marcha vers la porte de la maison, revêtit son manteau de laine, enfila ses bottes et ses mitaines et cala sa tuque jusqu'à ses oreilles.

Kildare l'avait suivi jusque sur le seuil de la porte et le réconforta d'une tape sur l'épaule.

—Ça va aller! Occupe-toi pas de nous autres! On va s'arranger. Pense à ton avenir. C'est ça qui compte...

Fernand se tourna vers ce père qui avait failli à sa promesse, lui sourit tristement, ouvrit la porte et sortit.

Sur le sentier menant au chemin de fer, il fut assailli par une armée de lourds flocons qui se collèrent à ses vêtements. Le vent qui lui fouettait le visage asséchait à peine les larmes qui ruisselaient sur ses joues.

Chapitre 21

Un bien triste réveillon

— *Ô nuit de paix… Sainte nuit…*

Les voix des choristes retentirent dans le jubé, faisant résonner la mélodie toute simple. Dans la nef, une fois la bénédiction du prêtre terminée, les fidèles se pressèrent vers la sortie.

Dehors, de gros flocons cotonneux valsaient dans la nuit sans lune pour la plus grande joie des enfants qui s'égaillèrent sur le chemin, pressés d'aller retrouver le sapin décoré sous lequel les attendaient leurs étrennes.

—Joyeux Noël ! lança Philippe Bissonnette en arrivant à la hauteur d'Henriette qui faisait le pied de grue sur le perron que les fidèles désertaient, attendant patiemment que Fernand descende du jubé où les dernières notes de l'orgue s'étiraient sous la voûte.

—Joyeux Noël à toi aussi, répondit la jeune femme dans un sourire.

— Estelle est pas avec toi ? demanda Jeanne en arrivant près de son fiancé.

— Non, elle réveillonne chez la mère d'Eugène, répondit-elle, taisant volontairement le départ de sa benjamine dont elle n'avait pas eu de nouvelles depuis.

Henriette n'aimait pas beaucoup cet Eugène, dans la jeune vingtaine, qui avait jeté son dévolu sur sa petite sœur et l'avait littéralement envoûtée.

— Et puis, il y a toute sa famille, sa parenté… termina-t-elle.

— Et Gaston ? interrogea encore sa cousine.

— Chez lui, à Montréal, avec sa femme et son beau-frère.

— Ils ont l'air à bien s'entendre entre beaux-frères, ces deux-là, insinua Philippe qui n'était pas dupe de l'orientation sexuelle du cousin de sa future femme.

— Eh que tu peux être mauvaise langue, toi, des fois… s'exaspéra Jeanne en roulant de gros yeux.

— Ils travaillent à la même place, c'est normal de devenir amis, le défendit Henriette.

— Comme toi pis Fernand ! spécifia Jeanne à son amoureux.

— Oh, je dirais que c'est pas vraiment comparable…

— Tu viens coucher à la maison ? interrompit Jeanne pour changer de sujet.

— Après le réveillon chez les Dupré. Si ça dérange pas, s'inquiéta encore Henriette, sachant que la maison des Forcier était déjà remplie à craquer.

— Tu déranges jamais, voyons ! la réprimanda gentiment sa cousine. On sera un peu plus à l'étroit dans mon lit, mais pour les heures qui resteront à dormir, on va s'arranger.

— J'aimerais bien être à la place de ta cousine, moi, cette nuit, commenta Philippe en faisant un clin d'œil complice à sa bien-aimée.

Elle lui donna une petite tape amicale sur le bras.

— On dit pas ça, des affaires de même ! dit-elle en rougissant.

Bien qu'Henriette affichât un air prude et même un peu « vieille fille », elle ne pouvait nier le désir que les doux baisers échangés avec Fernand avaient fait naître en elle. Les quelques caresses osées par celui à qui elle s'était promise l'avaient d'abord brusquée, choquée même. Pourtant elle savait que Fernand était un homme bon et délicat. Jamais il n'aurait dépassé les limites. De toute manière, Henriette aurait eu tôt fait de le remettre à sa place, prétextant que seul le sacrement du mariage permettait ces « choses »...

Et ils n'étaient pas encore mariés...

⁂

— Joyeux Noël ! lança joyeusement Fernand quand il sortit enfin de l'église, suivi des derniers choristes.

— Bravo pour ton *Minuit, chrétiens* ! le félicita Philippe.

— C'était très beau ! ajouta Jeanne.

— Oui, très, très beau... approuva Henriette en glissant son bras sous celui qui lui souriait, radieux.

— Merci ! J'ai pas de mérite ! C'est tellement un beau chant, s'excusa presque Fernand.

— Arrête d'être aussi modeste. T'as une belle voix ! Tout le monde le dit ! renchérit son ami.

— T'es ben fin !

— Bon, on y va ? Je commence à avoir froid, moi ! s'impatienta Jeanne, qui se dandinait d'un pied sur l'autre.

— J'espère qu'on gèlera pas comme l'hiver dernier, mentionna Henriette.

— Oui pis qu'y aura pas de tempête de verglas avant le jour de l'An comme on a eu en décembre 42.

— Pour le moment, on a de la neige et c'est tellement beau ! s'extasia Fernand en levant les yeux vers le ciel.

— La nuit de Noël, c'est toujours magique, murmura sa compagne en se collant sur lui.

— On rentre ! lança Philippe en emboîtant le pas à sa dulcinée.

— On se voit demain ? demanda Fernand, rayonnant.

— Ben certain ! Oubliez pas vos patins, la rivière est gelée derrière chez moi, dit Jeanne en riant.

Les futurs mariés descendirent les marches du perron de l'église en courant. Leurs rires accompagnèrent gaiement les tintements des grelots et des clochettes des dernières carrioles dont les propriétaires avaient paré leurs attelages.

Philippe et Jeanne se dirigèrent vers la rue Notre-Dame tout au long de laquelle jaillissaient des rires et de la musique des maisons illuminées et enguirlandées. Les fumets des dindes rôties, des ragoûts de pattes de cochon, des tourtières, des tartes aux pommes s'échappaient des portes qui s'ouvraient pour laisser entrer les amis et la parenté.

De leur côté, Fernand et Henriette empruntèrent la rue Saint-Paul, qui débouchait directement sur le chemin de fer.

— C'est plus court, avait affirmé Fernand.

Au hasard de leur route, ils croisèrent le cordonnier qui regagnait son domicile, que n'égayait aucune décoration.

—Joyeux Noël, monsieur Chenevert, lança le jeune Dupré.

L'homme se retourna et lui répondit d'un geste las de la main.

Fernand remarqua ses épaules voûtées, ses yeux rougis, ses joues creusées et sa démarche lente. Il s'approcha de celui dont la mine n'affichait que peine et désolation.

— Joyeux Noël, répéta-t-il.

— Joyeux Noël à vous, monsieur Dupré. À vous aussi, jeune dame.

L'homme monta les deux marches enneigées qui menaient à la galerie et chercha un moment ses clés dans la poche de son manteau de rat musqué. Il déverrouilla la porte et se retourna à demi.

— Vous prendrez bien un petit verre de sherry avec moi ? les invita-t-il.

— Je sais pas si… commença Fernand en quêtant l'approbation de sa compagne du coin de l'œil.

— Vous ne pouvez pas refuser ça à un homme seul, la nuit de Noël ! insista le cordonnier.

— Bien sûr que non, répondit Henriette, contente de retarder son arrivée chez les Dupré.

— Juste un petit, alors, décréta Fernand en entrant dans la demeure à la suite de son hôte et d'Henriette.

— Venez vous asseoir, les invita encore monsieur Chenevert en allumant une petite lampe placée sur un guéridon dans le salon.

Henriette et Fernand prirent place sur un canapé au tissu damassé vert et or.

— Enlevez donc vos manteaux.

— On restera pas longtemps, juste le temps de trinquer, spécifia Fernand.

— Comme vous voudrez…

Le cordonnier disparut dans la petite cuisine jouxtant le salon. Henriette et Fernand en profitèrent pour balayer l'endroit d'un regard curieux.

Dans le coin gauche, près de deux fenêtres, sur la table de travail du cordonnier se retrouvaient pêle-mêle souliers, bottes et bottines de toutes les couleurs et de toutes les pointures. Juste à côté, dans un ordre parfait, des poinçons, des marteaux, des pinces et un tranchet dont la lame d'acier bien affûtée pouvait très facilement entailler le doigt d'un maladroit. Tout près de la fenêtre, Fernand reconnut une machine à coudre, plus petite cependant que celle qu'il utilisait à la manufacture. Un pied de cordonnier dressé sur une table plus basse attendait que l'artisan le coiffe de la prochaine chaussure à réparer.

Leur hôte revint avec un plateau chargé de trois petites coupes mousseline qu'il distribua avant de lever la sienne.

— Joyeux Noël ! lança-t-il, avalant ensuite son verre d'un trait.

Fernand et Henriette l'imitèrent. Henriette grimaça légèrement. Elle n'avait pas l'habitude et l'alcool lui faisait toujours le même effet.

— Vous êtes seul à Noël ? demanda Fernand.

— J'ai pas d'enfants. Mon unique sœur vit en Abitibi. Que voulez-vous ! C'est comme ça…

Le cordonnier ponctua ce constat d'un profond soupir et baissa le front. Quand il le releva quelques instants plus tard, Henriette vit des larmes briller dans ses yeux.

— Est-ce que Marguerite est avec vous, ce soir, au réveillon ? osa leur hôte.

— Non. Sa dépression est de plus en plus grave et le docteur ne veut plus la laisser sortir, expliqua Fernand.

— Pauvre elle… C'était trop pour une petite femme aussi sensible de prendre soin d'un grand malade comme son mari. Elle aurait eu besoin d'aide. Et puis c'est pas catholique de demander à quelqu'un dans la fleur de l'âge de s'oublier comme ça… Rosario, il aurait dû être placé dans un centre où les religieuses auraient pris soin de lui plus longtemps. Pas demeurer chez lui et rendre la vie invivable à sa pauvre femme.

Il se tut et chercha un moment au fond de son verre vide une réponse au chagrin qui l'accablait. Il continua :

— Les femmes ont trop souvent la charge de leur famille. C'est pas chrétien de leur demander d'être des servantes pis de les placer dans des asiles quand elles n'en peuvent plus ! Et Rosario, lui ? Il lui a tout pris et elle lui a tout donné ! C'est pas juste…

— Monsieur Chenevert… tenta Fernand, mal à l'aise.

— Pauvre Marguerite… poursuivit le cordonnier sans le regarder. Elle ne méritait pas d'être enfermée à Saint-Jean-de-Dieu. Ni de subir les électrochocs que le psychiatre lui a prescrits pour faire diminuer son angoisse. Elle était épuisée… Juste épuisée… Maintenant il est trop tard… Elle ne sera plus jamais comme avant…

Fernand acquiesça en silence, imité par Henriette, mal à l'aise d'être un témoin impuissant de cette terrible détresse.

Le cordonnier leva vers ses visiteurs un regard d'une tristesse infinie.

— J'aime Marguerite… Depuis le premier jour où elle est venue me demander de la conduire en voiture à l'hôpital.

Fernand et Henriette ne bougeaient pas, respectant les aveux de celui qui se confiait sans aucune retenue.

— Je regrette de ne pas lui avoir dit avant qu'elle…

Se ressaisissant, le pauvre homme se racla la gorge pour se donner contenance et écrasa une larme au coin de son œil.

— Voulez-vous un autre sherry ? offrit-il.

— Non merci. On doit y aller maintenant, répondit Fernand, mal à l'aise, en se levant du canapé et en tendant la main à son hôte.

Henriette se leva à son tour et remercia monsieur Chenevert.

Sans plus attendre, le couple quitta la maison du cordonnier qui referma la porte sur sa peine d'amour et sa solitude.

Bras dessus, bras dessous, Fernand et Henriette pressèrent le pas vers le chemin de fer dont les rails luisants s'étiraient vers le pont et la rivière. Ni l'un ni l'autre ne commentèrent la visite impromptue chez celui qui, ils en étaient certains, aurait donné sa vie pour rendre heureuse celle que la maladie gardait désormais cloîtrée dans un asile.

Chapitre 22

L'amour

Le réveillon s'était déroulé en compagnie d'Adèle, de Kildare ainsi que des sœurs Alma et Annette dont les deux familles respectives comptaient quatre enfants. La maison avait résonné des rires des jumeaux d'Annette qui s'étaient amusés pendant une bonne partie de la soirée à grimper les escaliers avant de les redescendre assis sur leur postérieur, au grand dam de leur mère.

— Laisse-les donc avoir du plaisir ! Y font rien de mal, rouspétait Kildare quand sa fille tentait de les en empêcher.

Les plats servis, tous plus succulents les uns que les autres, avaient ravi les convives.

— Avant longtemps, vous allez voir, le beau-père, Duplessis sera premier ministre du Québec ! Je vous en passe un papier ! Les rouges pourront pas rester indéfiniment au pouvoir… avait prédit Horence, le mari d'Alma, pour qui la politique était le sujet favori.

Il aimait bien picosser Kildare, qu'il savait libéral jusqu'au bout des ongles. Lui, il ne jurait que par le nouveau parti de l'Union nationale, particulièrement entiché de ce Maurice Duplessis qui, avec ses discours revendicateurs, jurait qu'il mettrait fin à la corruption trop présente parmi les politiciens au pouvoir.

— Essaye pas de me convaincre, Horence, que ton Duplessis va faire mieux que tous les autres avant lui. Pis c'est pas un grand ménage comme il le promet qui va changer les affaires… Y a beau dire ce qu'y voudra, c'est les riches qui mènent le monde ! Les riches pis les curés ! avait répondu Fernand.

— Tu te laisserais pas influencer par les discours des gars du Bloc populaire, toi, par hasard ?

— Ils ont des bonnes idées…

— Des bonnes idées ! Pffff…

— C'est mieux que de pas en avoir pantoute pis de se laisser manger la laine sur le dos ! répliqua fermement son jeune beau-frère.

— Vous autres, les jeunes, vous pensez que vous allez tout refaire ! La politique, tu sauras, c'est pas une question d'idées, mais d'actions. Pis ça marche avec de l'argent… Pis l'argent, c'est pas au Québec qu'y en a.

— C'est pour ça qu'il faut que ça change ! argua encore Fernand, qui sentait la moutarde lui monter au nez.

— C'est ben beau les belles idées pis les beaux discours, mais Horence a raison : un gouvernement qui agit pas, c'est pas bon. Ça prend des lois, des projets, des buts. J'ai ben peur, par contre, que c'est pas un parti formé par des dissidents libéraux pis conservateurs qui va changer les choses. L'Union nationale, c'est ben beau, mais encore faut-il qu'ils arrivent au pouvoir !

Le ton monta encore d'un cran. Les hommes continuaient leur harangue, chacun tentant de convaincre l'autre du bien-fondé de ses allégeances politiques.

Affairées à la vaisselle qui encombrait le comptoir et la table, les femmes portaient une oreille attentive à cette discussion qui faisait s'affronter trois coqs, bien campés sur leur position politique.

— Maurice Duplessis, je vous le dis, ça va être lui le prochain premier ministre de la province. Lui, il va agir ! Je vous en passe un papier ! Il va faire le ménage dans le Parti libéral corrompu…

— Faudrait aller chercher du bois pour le poêle, coupa Adèle, voulant mettre un terme à la discussion qui risquait de s'envenimer au rythme des rasades de whisky et de gin qui l'accompagnaient.

— J'y vais !

Joignant le geste à la parole, Fernand marcha vers la porte où il s'empressa d'enfiler une veste de laine, une tuque et des mitaines.

— Sors pas d'même ! Tu vas attraper ton coup de mort ! s'écria Henriette en jetant son linge à vaisselle sur le comptoir et en courant vers son fiancé.

La jeune femme s'empara d'un foulard accroché au mur et entoura le cou de celui qui lui souriait tendrement.

— Faudrait pas que tu attrapes le rhume à deux semaines de notre mariage !

— Philippe me pardonnerait pas non plus de ne pas être là comme garçon d'honneur, ajouta Fernand.

Sous l'incitation de Jeanne, les deux couples avaient opté pour célébrer leur union le même jour, soit le 9 janvier 1943, fête anniversaire de la bienheureuse Alix Le Clerc. On disait de cette fille qu'elle était belle et qu'elle aimait la vie, la danse et les danseurs. Ce qui ne l'avait pas empêchée de consacrer sa vie à l'éducation des jeunes filles en fondant la congrégation Notre-Dame.

Les deux tourtereaux s'échangèrent un regard amoureux et sans hésiter, Henriette enfila son manteau de laine qui pendait à la patère, mit ses couvre-chaussures bordés d'astrakan, cadeau de Noël de Fernand, et suivit son fiancé dehors en riant.

Main dans la main, ils coururent jusqu'au petit hangar, où Kildare remisait ses plus belles bûches d'érable, celles qui brûlaient longtemps, tout en laissant flotter dans l'air une chaude odeur sucrée. Quand ils furent à l'intérieur, Fernand se tourna vers Henriette et la prit dans ses bras. Ils demeurèrent quelques instants à se regarder dans l'intimité de l'étroite pièce. Henriette ne cilla pas, savourant sans aucune gêne ce moment d'intimité que leur permettait leur mariage prochain. Fernand la serrait fort contre son torse puissant sous son gilet de laine. Leurs lèvres se cherchèrent…

Le parfum de lys des champs qui s'échappait de sa chevelure, les courbes généreuses sous le manteau de laine, la taille fine et sa poitrine pressée contre la sienne, tout cela éveilla en Fernand un désir qu'il avait maintes fois refoulé. S'enhardissant, il posa une main sur le cou tout chaud de sa fiancée et ses doigts experts trouvèrent le haut du chemisier qu'il déboutonna. La gorge à la peau blanche d'Henriette semblait briller d'une lumière surnaturelle quand il y posa son regard fiévreux.

— Fernand… je…

Il la fit taire d'un baiser, sa main en coupe épousant la ferme arrondie d'un sein.

Henriette s'efforça de s'abandonner malgré la pudeur qui la faisait se contracter.

La porte du hangar s'ouvrit brusquement.

— C'est là qu'on vous pogne, mes sacripants! claironna Horence, tout content d'avoir surpris les tourtereaux.

Henriette recula de quelques pas, créant une bonne distance entre elle et son fiancé.

— Faut pas consommer avant le mariage! Le curé l'a pourtant dit en chaire!

— On sait ça, laissa tomber Fernand en lançant des regards furibonds à l'intrus.

Henriette s'était détournée, la tête dans les épaules, et retraitait en hâte vers la maison sous les ricanements d'Horence.

— Tu te trouves ben drôle! Pourquoi t'es venu fouiner ici?

— Ta sœur trouvait que ça vous prenait pas mal de temps pour venir quérir quelques bûches! continua le joyeux luron que la bière et le brandy rendaient plus loquace et hilare qu'à l'accoutumée.

— Arrête de rire! s'impatienta Fernand en ajustant trois bûches au creux de son coude replié.

— Offusque-toi pas, le jeune! On est tous passés par là! Pis je te souhaite qu'elle soit une bonne femme dans tous les sens du terme, ton Henriette, si tu vois ce que je veux dire…

Fernand se dépêcha de ramasser les dernières bûches, le feu aux joues. Il ne leva même pas la tête quand son beau-frère déboutonna son pantalon avant d'uriner dans un seau.

— Maudit habitant! siffla Fernand avant de déguerpir sous les rires gras d'Horence.

Chapitre 23

L'accomplissement

— Veux-tu encore des patates ? demanda Henriette, une cuiller dans une main et un chaudron dans l'autre.

Fernand leva vers elle un regard attendri.

— Encore un peu…

Henriette s'exécuta et laissa tomber trois pommes de terre dans l'assiette où s'étalait une sauce brune dans laquelle baignaient des boulettes de bœuf haché.

— Merci ! dit Fernand.

Il entoura la taille cintrée d'un tablier de coton blanc sur lequel des fleurs de lilas avaient été brodées.

*

Le 9 janvier 1943, trois jours après la fête de l'Épiphanie, sous des rafales de neige qui soufflaient leur écume blanche dans les champs et sur les routes déjà enneigées, Fernand et Henriette avaient consacré leur union devant Dieu et leurs familles respectives rassemblées dans l'église de Saint-Pie-de-Bagot. Tout comme eux, quatre autres couples convolaient en justes noces. Parmi eux, Philippe et Jeanne, qui faisaient aussi office de garçon et de demoiselle d'honneur.

Sur le premier banc, Kildare pestait contre son col empesé qui irritait la peau de son cou. Il baissa les yeux sur l'habit de laine noire rayé de fines lignes blanches, cadeau du marié à son père.

— Vous êtes pas pour venir à mon mariage avec votre vieil habit ! s'était exclamé Fernand.

— Dis donc que ton père te fait honte ? s'était récrié Kildare.

— C'est pas ça… Mais avouez que votre habit est bien trop petit. Regardez les manches !

— Fernand a raison, avait tranché Adèle. Ton habit est trop petit.

Kildare n'avait eu d'autre choix que d'accepter le cadeau de son fils cadet, mortifié de ne pas être à la hauteur.

— Et vous, maman ? Voulez-vous que je vous achète une robe neuve ?

Adèle avait souri à ce fils attentionné.

— Ludvina m'a donné une de ses robes. Elle fera très bien l'affaire.

— Ma tante Ludvina va être à la noce ?

— Tu comprends bien qu'un service en attirant un autre, elle a pas hésité à s'inviter !

Kildare avait accueilli la nouvelle de la présence de sa belle-sœur d'un renâclement profond avant de lancer un jet de salive jaunâtre dans le crachoir de granit bleu, au pied de la chaise berçante près de la fenêtre donnant sur la cour.

L'hiver, c'était le lieu préféré de Kildare, qui disait aimer voir dehors pendant qu'il affûtait ses rasoirs ou ses couteaux. De plus en plus souvent, Adèle le surprenait à ne rien faire d'autre que de laisser errer son regard sur les étendues immaculées. Il semblait songeur… et malheureux.

— Elle va encore se vanter de pas avoir besoin d'un homme pour subvenir à ses besoins, avait-il enchaîné. Avec sa petite compagnie de couture et de tricot, elle fait la fanfaronne, la belle-sœur…

— Ludvina travaille très fort et gagne son argent honnêtement ! l'avait défendue Adèle, fière des réalisations de sa benjamine à une époque où les femmes étaient encore trop souvent sous la férule des hommes.

— N'empêche que c'est à un homme que revient le devoir de prendre soin d'une femme et des enfants. C'est comme ça depuis que le monde est monde ! avait affirmé le patriarche.

— Je me demande bien qui prend soin de l'autre le plus souvent… avait marmonné Adèle, convaincue que les travaux ménagers, les conserves, le jardinage, la couture, l'enfantement, et tout ce qui composait les devoirs de la femme s'inscrivaient dans un registre beaucoup plus important quant à la survie de la famille.

*

Au retour de l'église, la noce s'était déroulée chez les Dupré en compagnie de Rosario, d'Alma et de sa famille, d'Annette et de ses cinq enfants. Du côté d'Henriette, Estelle n'était pas venue au bras de son fiancé Eugène. Il y avait aussi trois des sœurs de la famille Camirand: Rose-Anne et son mari Rolland qui avait pu prendre une journée de congé à la Stainless Steel Company de Roxton Ponds, où il travaillait comme ouvrier, Juliette et son mari Hector ainsi que Marie-Rose et Tancrède Lagacé, nouvellement installés dans le quartier Griffintown à Montréal. Gaston était aussi venu accompagné de sa femme, Mathilde, et du sempiternel beau-frère qui ne les laissait pas d'une semelle et qui, au grand dam de sa sœur, avait élu domicile chez les nouveaux mariés, dans un appartement de la rue Rosemont.

Malgré l'absence d'Estelle, Henriette avait profité de cette journée, consciente que cette réunion serait peut-être la dernière une fois les festivités terminées.

Une fois le dernier invité parti, Adèle avait enjoint aux jeunes époux de rentrer chez eux à leur tour.

— On va vous aider à ranger, avait insisté Fernand.

— Ton père va m'aider, avait simplement répliqué sa mère.

Le couple s'en était allé, bras dessus, bras dessous, sur la voie ferrée, comme au premier jour de leur rencontre. Leurs pas les avaient menés jusqu'au petit logis où ils s'étaient empressés de se réfugier.

La nuit avait accueilli leurs premiers ébats, qui les avaient laissés subjugués de plaisir, mais très conscients que cette union était à la base même de leur quête : fonder une famille.

Quand, avec des gestes maladroits, Henriette avait défait les rubans de satin qui fermaient sa chemise de nuit beige, Fernand n'avait pas fait un geste, préférant se repaître du tableau qui s'offrait à lui.

Dans la semi-pénombre de la pièce éclairée seulement par une petite lampe dont la lumière jaunâtre illuminait le nacré du tissu, il la trouva belle. Belle et désirable.

Comme s'il se fût agi d'un joyau précieux, il l'admira longtemps en silence.

Henriette, intimidée, attendait qu'il fasse un geste, qu'il dise une parole pour dissiper son malaise. C'était bien sûr la première fois qu'elle s'offrait ainsi à la vue d'un homme. Le devoir l'y poussait davantage que l'amour, mais le désir qui s'emparait du creux de son ventre aussi. Jamais encore elle n'avait ressenti pareille fébrilité, pareille agitation intérieure.

— Que t'es belle… murmura Fernand en s'approchant d'elle.

De sa main, il caressa doucement ses cheveux dont les boucles soyeuses coulèrent entre ses doigts. Il s'approcha encore plus près. Ses lèvres chaudes touchèrent d'abord les joues qu'un feu embrasait. Puis sa bouche se posa sur le cou où une petite veine palpitait.

— Que t'es belle, répéta-t-il, d'une voix basse et pressante.

Fernand entoura sa taille, qui se cambra entre ses bras vigoureux.

Ainsi enlacés, Fernand la couvrit de baisers de plus en plus passionnés. Il savourait chaque partie de cette chair qui frémissait sous ses caresses. Henriette avait fermé les yeux sous l'assaut, prise de vertige et tentant de mater ses craintes. Ils restèrent ainsi un long moment, figés dans leur étreinte, à la fois soucieux et pleins d'excitation.

Puis la jeune mariée se laissa entraîner près du lit, sur lequel Fernand prit soin de l'étendre délicatement. Sa robe de satin découvrit ses cuisses magnifiques et il y posa les mains, comme on s'appuie au bastingage d'un bateau sur le point de chavirer.

Henriette se raidit et Fernand se redressa.

— Henriette… je veux pas que…

Fernand résistait tant bien que mal au flot impétueux qui le pressait. Son sexe durci demandait libération, mais il ne voulait pas brusquer sa femme. Pas le premier soir…

Consciente de son trouble, Henriette lui ouvrit les bras, l'invitant à s'y blottir.

— Ça va aller… murmura-t-elle.

Fernand reçut ces mots comme une délivrance et, s'enhardissant, il la couvrit de caresses de plus en plus osées.

Écrasée sous le poids de son mari, Henriette accueillit celui que le destin avait mis sur sa route au moment où elle croyait avoir tout perdu. Elle ne pouvait qu'être reconnaissante pour ce cadeau.

Lorsque Fernand prit possession de sa virginité, elle s'accrocha à ses épaules et ferma les yeux, assaillie par la douleur et le vertige qui s'emparèrent de son corps et de son esprit. Le souffle précipité de Fernand, la lourdeur de son corps alangui quand il se laissa retomber sur elle lui firent comprendre que le mariage était consommé.

Une larme coula sur la tempe de celle qui venait de connaître le secret de l'amour.

Elle était heureuse…

Quand Fernand reprit ses esprits, il voulut soulager sa compagne du poids de son corps, mais celle-ci le retint contre sa poitrine.

— Merci… souffla-t-il à son oreille.

— T'as pas à me remercier.

L'époux comblé embrassa les lèvres de celle qui avait su faire preuve de courage et d'abandon. Il avait certes senti sa crispation quand il l'avait pénétrée et avait espéré de tout cœur que cette première fois ne se chargerait pas du poids de la douleur ou de la servitude.

— As-tu eu du plaisir, toi ? demanda-t-il.

— Oui, je pense, le rassura-t-elle.

— La prochaine fois, ça sera mieux.

— Oui, ça sera mieux…

Les nouveaux amants s'étaient séparés en silence, conscients que la vie ne leur ferait pas de cadeau et que le bonheur se gagnerait au prix de maints sacrifices.

Mais ils espéraient tous deux que le jeu en valait la chandelle.

Chapitre 24

La fin d'un temps

Le cortège funèbre s'étirait dans l'allée gravillonnée bordée de plants de pivoines croulant sous le poids de leurs fleurs odorantes. Derrière lui, Kildare en tête, tous les membres de la famille Dupré avaient revêtu leur costume de deuil. Suivaient de près, en une longue procession, ceux et celles qui avaient connu Adèle Surprenant, la maîtresse d'école du rang. Le glas sonna longtemps dans ce matin triste d'avril 1944, apeurant les pigeons qui s'envolèrent à tire-d'aile.

⁕

Le mois de mars avait été rude avec ses rafales de vent du nord qui balayaient tout sur leur passage, ne laissant que le paysage désolé des labours glacés que la neige avait déserté. Dans les campagnes, le froid accablant avait fragilisé les plus vulnérables et la maladie avait emporté plusieurs enfants en bas âge ainsi que beaucoup de vieillards.

Adèle était de ceux qu'une vilaine grippe avait gardés alités. Le cœur fragile de celle que l'on portait aujourd'hui en terre n'avait pas supporté l'effort que chaque quinte de toux lui demandait.

Son cœur s'était arrêté de battre, quelques jours plus tôt, au terme d'une nuit interminable.

Kildare avait pleuré son aimée, la gardant contre son cœur et la serrant de toute la force de sa peine. Il était demeuré collé au corps de celle que le souffle avait déserté jusqu'à ce que le coq chante au loin dans le poulailler.

L'homme savait qu'avec la perte de son épouse, c'était toute sa vie qui changerait.

C'est avec elle qu'il avait fondé sa famille, fait fructifier sa terre, organisé son quotidien. Pour elle qu'il avait travaillé sans jamais se plaindre malgré les maux de dos qui le tiraillaient tous les soirs. Pour elle aussi qu'il avait gardé la ferme. Parce qu'elle lui avait souvent répété que c'était le plus bel endroit au monde.

Le monde…

Autant Kildare qu'Adèle n'en connaissaient pas grand-chose, puisque leur monde à eux s'étalait de leur maison aux limites de cette ferme qui avait accaparé leur jeunesse et supportait mal, maintenant, la faiblesse de leur vieillesse.

*

Quand Kildare s'était décidé à aller quérir le curé et le docteur, il s'était arrêté chez Fernand, où Henriette l'avait accueilli avec compassion. Elle l'avait invité à prendre place à la table et lui avait servi une tasse de thé à la menthe. Kildare avait laissé couler sa peine à gros sanglots. Henriette avait respecté son chagrin en silence.

— Qu'est-ce que je vais faire sans mon Adèle ? Je vais vendre la terre, drette là ! Je veux plus rester dans cette grande maison vide.

Henriette n'avait pas répliqué, comprenant que son beau-père mesurait aujourd'hui toute la portée de sa décision de ne pas avoir légué sa terre à Fernand.

— J'vais me trouver une chambre au village...

— C'est pas trop tôt pour parler de ça ?

— J'te dis que je veux plus vivre dans cette maison-là, avait-il riposté en se redressant.

Henriette n'avait rien ajouté.

Kildare s'était levé, avait sorti un mouchoir de coton de sa poche avec lequel il s'était mouché longuement.

— J'veux pas t'embêter avec ça, ma bru, avait-il laissé tomber avant de se diriger vers la sortie.

— Vous m'embêtez pas, monsieur Dupré.

Kildare avait posé une main hésitante sur le loquet de la porte avant de se retourner.

— Dis pas à Fernand que je suis venu brailler ici… lui avait-il demandé.

— Je lui dirai pas, avait promis Henriette.

Kildare était parti avec un discret salut du chef.

✳

— *In nomine Patris, et Filii, et Spiritus*…

— *Amen*, répondirent les fidèles rassemblés autour du cercueil posé au pied de la porte du charnier dans lequel attendraient les cadavres que le fossoyeur mettrait en terre aussitôt le sol dégelé.

✳

Sur les conseils judicieux de sa femme, Ernest avait daigné assister aux obsèques.

— Qu'est-ce que les gens vont dire s'ils te voient pas aux funérailles de ta mère ? Tu vas passer pour un sans-cœur… C'est pas bon pour toi, ça. Pas bon pantoute… Surtout si tu veux devenir contremaître. Saint-Pie-de-Bagot, c'est une petite place. Tout le monde se connaît et ça va jaser. D'autant plus que ta mère, y a bien des gens qui l'ont connue quand elle était maîtresse d'école.

✳

Au cimetière, tout de suite après la mise en terre, Ernest partit le premier, sans un salut pour ses frères et sœurs venus faire leurs derniers adieux à celle qui les avait mis au monde. Tous les regards se posèrent sur la femme d'Ernest, dont le ventre rebondi marquait la fin de la conscription obligatoire pour celui qui s'enorgueillissait d'avoir été le premier à donner un héritier à la famille Dupré.

— Ça va être un garçon, ça c'est certain ! déclarait-il haut et fort aux autres employés de la compagnie de Clarence Ducharme, un détaillant de bois, où il travaillait depuis son mariage.

*

— Toutes mes condoléances, dit Philippe Bissonnette en tendant la main à Fernand.

— Merci, répondit ce dernier en retenant avec peine ses larmes.

— Elle a pas souffert, au moins, le consola maladroitement son fidèle ami.

— C'est ce que le docteur a dit…

Henriette passa son bras sous celui de Fernand et tourna les yeux vers Jeanne Forcier.

Des trois femmes qui s'étaient mariées le même jour, Henriette était la seule qui n'était pas encore enceinte.

Elle en avait parlé au docteur Chaput qui l'avait rassurée :

— Il y a des femmes pour qui ça prend plus de temps que d'autres. Il ne faut pas désespérer…

Henriette avait accueilli le diagnostic du médecin avec beaucoup de scepticisme. Dans sa famille, les femmes tombaient enceintes très facilement. Trop même, parfois…

La mésaventure de sa sœur Laurette qui avait dû faire un mariage obligé parce qu'elle était tombée enceinte trop tôt lui revint en mémoire.

« Pauvre fille… », avait simplement déclaré sa mère, Clara, qui ne pouvait que subir, comme toutes les autres femmes d'ailleurs, la domination des mâles en rut et surtout le fardeau que l'Église catholique faisait peser sur les épaules des filles d'Ève.

« Des pécheresses qui incitent les hommes au péché de la chair ! », clamaient même certains prédicateurs.

Henriette savait que sa mère s'était mariée à treize ans et demi et qu'elle avait accouché de Laurette à quatorze ans. Les grossesses s'étaient ainsi succédé sous la vigilance du curé de la paroisse qui se faisait un devoir de rappeler que Dieu interdisait les relations de couple ayant comme but le seul plaisir de la chair.

« Dieu a créé le sacrement du mariage pour permettre la procréation ! », haranguait-il du haut de sa chaire.

Les yeux toujours fixés sur le ventre rebondi de sa cousine, Henriette laissa vagabonder son imagination.

La vision fugitive de l'édifice en pierres grises des sœurs de la Charité, sis sur le boulevard Dorchester à Montréal, la fit frissonner. C'était là que de pauvres filles, que l'on qualifiait de «petite vertu», allaient cacher leur ventre proéminent. Là qu'elles vivaient, oubliées souvent de leurs parents sur lesquels rejaillissait leur honte, jusqu'au jour de leur délivrance. L'enfant illégitime, une fois né, était aussitôt enlevé à celle qui ne pourrait en prendre soin convenablement. Il était placé à la crèche, où des religieuses dévouées s'en occupaient en attendant qu'un couple le prenne en adoption.

Il y avait aussi celles qui, sous la pression de leur amant, mettaient un terme à leur grossesse de manière artisanale et dangereuse…

L'histoire sordide de sa cousine Charlotte, que l'on chuchotait sous le sceau de la confidence, était parvenue à ses oreilles, un soir que les adultes croyaient les enfants endormis.

— Quand elle n'a plus eu ses règles, elle en a parlé à son amoureux, racontait Béatrice, la cousine germaine de Clara, venue l'aider à piquer la nouvelle courtepointe qui garderait au chaud les enfants pendant les nuits d'hiver.

— Et qu'est-ce qu'il a dit?

— Qu'il ne voulait pas l'enfant et qu'elle devait s'en débarrasser, sinon il la quittait drette là.

— Tu parles d'un écœurant ! s'était exclamée Clara, outrée.

— Il n'est pas le seul homme à se désister quand la fille tombe enceinte et n'est pas mariée.

— Ça se fait quand même pas tout seul, un enfant ! Ça prend un homme aussi !

— Que veux-tu, les curés répètent que ce sont les femmes qui entraînent les hommes dans le péché.

— C'est la faute à Ève ! C'est elle qui a croqué la pomme la première et qui l'a fait manger à Adam ! avait complété Clara.

— Il était bien trop innocent pour le faire en premier, ajouta sa compagne, un brin moqueuse.

Les deux femmes avaient ri de la boutade avant de reprendre leur sérieux.

— N'empêche qu'y a pire… avait enchaîné Béatrice. C'est dur à croire, mais y paraît qu'après qu'elle a essayé de "revirer" en se faisant tremper les pieds dans un bain de moutarde chaude, un soir, le gars lui a apporté des aiguilles à tricoter en lui disant que c'était une bonne femme qui lui avait expliqué comment faire pour provoquer une fausse-couche.

L'évocation d'une pareille barbarie avait fait frémir les deux femmes.

— C'est inhumain, des affaires de même ! Elle s'est pas fait avorter avec ça, quand même ?

Sa compagne avait acquiescé en silence.

— Doux Jésus !

— La pauvre a raconté que le bébé bougeait encore dans la bassine quand il est allé l'enterrer…

Ces histoires d'avortements clandestins que l'on se racontait entre femmes rendaient compte de la portée de ce geste que les lois de l'Église catholique romaine réprimaient à grands renforts d'excommunication et de mépris. De son côté, la justice du pays punissait les femmes, plus souvent victimes que coupables, d'avoir voulu prendre le contrôle de leur corps et de leur vie en les emprisonnant ou en les plaçant dans des asiles. Voilà pourquoi beaucoup d'entre elles préféraient aller se réfugier dans la grande ville. Une fois délivrées du fardeau de leur honte, elles en repartaient les bras et le ventre vides, mais surtout le cœur chaviré d'avoir laissé derrière elles la chair de leur chair.

Henriette frissonna soudain tandis qu'une onde de chaleur la submergea. Un haut-le-cœur la surprit et un goût amer lui remplit la bouche. Elle posa ses doigts gantés de cuir noir sur ses lèvres où s'accumulait une salive amère.

Fernand remarqua son geste et s'approcha d'elle, inquiet.

— Ça va ?

Incapable de lui répondre, Henriette courut vers un bosquet de genévriers qui entourait une stèle funéraire, se pencha et vomit.

Fernand lui tendit son mouchoir avec lequel elle s'empressa de s'essuyer la bouche.

— Merci… Je sais pas ce qui m'arrive… J'ai pas l'habitude…

— Ça doit être l'énervement.

— Oui, ça doit être ça…

Une idée s'imposa soudain dans sa tête.

« Et si c'était le premier signe ? », songea-t-elle.

Elle tenta de se remémorer la date de ses dernières menstruations.

« Ça fait déjà trente-huit jours », lui chuchota une petite voix.

*

Depuis maintenant trois mois, Fernand et Henriette accomplissaient assidûment leur devoir conjugal.

La jeune femme contrôlait encore mal la gêne qui la faisait rougir de la tête aux pieds quand Fernand l'invitait à venir le rejoindre sous les draps. Un silence pesant, solennel presque, persistait encore pendant leurs ébats et créait une barrière entre eux. Fernand était gêné, lui aussi. Ce qui le rendait parfois maladroit.

— C'est bête ! Je sais pas quoi faire…

— Moi non plus…

— On va faire notre possible, tout simplement ! On doit pas être les seuls à vivre ça, l'encourageait Fernand.

Avec le temps, le couple avait appris à s'apprivoiser un peu plus. Les caresses étaient devenues plus savantes et Henriette avait vécu des orgasmes qui lui avaient confirmé qu'elle n'était pas frigide.

— On va faire un bel enfant, lui disait toujours Fernand.

— Oui, c'est pour ça qu'on s'est mariés, après tout ! concluait-elle, un peu triste.

*

Henriette en était à ressasser ses souvenirs quand Jeanne et Philippe vinrent les rejoindre.

— Ça va, toi ? demanda sa cousine, inquiète.

— Oui, oui. J'ai juste un peu mal au cœur.

Jeanne lui fit un sourire en coin.

— Ça commence comme ça, ma fille ! M'est avis que la cigogne va passer chez vous dans quelques mois !

Fernand se tourna vers celle qui affichait un sourire las, mais radieux.

— Ça se pourrait-tu que…

— Prends le temps d'aller voir le docteur avant de te faire des illusions, lui conseilla sa cousine. Avec la mort de ta belle-mère, ça se peut que tu sois juste fatiguée. Dans ce temps-là, ça retarde…

— Oui, ça se peut, ça aussi, confirma Henriette.

— Bon ! On doit vous quitter… Bon courage, mon Fernand, dit Philippe en donnant la main à son ami endeuillé.

La poigne solide de son camarade lui fit du bien. Fernand le remercia d'un sourire triste et le couple quitta les lieux.

Le soleil se cacha derrière une barrière de nuages gris et l'air devint plus frais. Devant lui, Fernand aperçut des pierres tombales penchées de côté, comme des dents mal alignées. Il fut content que les cimetières gardent fidèlement la trace de ceux qui n'étaient plus et se promit de venir prier sur la tombe de sa mère le plus souvent possible.

— On y va ? Ton père est là-bas. Je pense qu'il nous attend, dit sa femme.

— Oui, oui, on y va.

L'orphelin baissa la tête et cligna des yeux pour ne pas pleurer. Il rejoignit son père et le suivit de la même démarche compassée.

Chapitre 25

Ti-Jo

La fin du mois d'avril cédait enfin la place à un printemps aux allures d'été.

L'année 1944 avait commencé sur une note encourageante avec la future création d'Hydro-Québec, dont T.-D. Bouchard avait accepté de devenir le premier président. Le gouvernement, en nationalisant Hydro-Québec, avait acquis la Montreal Light, Heat and Power, que cette vente avait grandement enrichie. Tout le monde bénissait la venue de cette électricité alimentant les grands centres urbains d'abord, espérant de tout cœur que les villages et les campagnes à faible densité de population y auraient droit rapidement.

De leur côté, les syndicats bénéficiaient dorénavant de l'appui de l'Assemblée législative et les employeurs étaient désormais condamnés à négocier de bonne foi avec eux.

Malgré un budget restreint, Fernand dépensait les trois cents nécessaires à l'achat du journal *La Patrie*, qu'il se faisait un devoir de parcourir du début à la fin, le dimanche matin, après être allé chanter à la chorale, comme il en avait gardé l'habitude.

C'était sa fenêtre sur le monde en changement constant.

— *Un avion explose et tombe rue Shannon dans Griffintown* ! s'exclama-t-il en lisant le titre à la une du journal. Y paraît que c'est le pire accident d'avion jamais survenu à Montréal. Vingt-cinq morts… Pis pas juste ceux qui étaient dans l'avion ! Des gens qui étaient tranquillement installés dans leurs logements à dix heures et demie du matin. Tiens, y a la liste des noms en bas de page. Cinq hommes et cinq femmes. Des Canadiens français en majorité. Pis tiens, plus bas y a la liste des occupants de l'avion. Pas mal tous des noms anglais ou étrangers… Maudites machines du diable !

Mis à part ces nouvelles qui venaient rompre leur train-train quotidien, les jours de Fernand et d'Henriette se passaient au rythme de la routine du travail, des offices religieux et des visites à Kildare et à Rosario qui habitait maintenant avec son père depuis la mort d'Adèle.

Comme tous les soirs, Fernand se faisait un devoir d'aller donner un coup de main à son père pour les gros travaux de la ferme. Dès le souper terminé, ils quittaient le logis en direction de la ferme située à quinze minutes de marche.

« C'est plus rapide par la voie ferrée », disait souvent Fernand quand, main dans la main, le couple s'engageait sur le chemin.

Près de la gare non loin, ils croisèrent un homme venu probablement chercher refuge dans ce petit village tranquille.

— Un autre qui va se cacher dans les bois pas loin, affirma Fernand, qui reconnaissait, dans les visages effrayés de ces passagers clandestins, celui des insoumis.

Les regards fuyants et apeurés, la démarche rapide, la fatigue des traits, mais aussi la saleté des vêtements, en disaient long sur les nuits passées dans des abris de fortune. Ces *hobos*, comme on les surnommait, sautaient souvent dans des wagons vides quand le train s'ébranlait. Ils y dormaient tant bien que mal, toujours aux aguets d'un éventuel délateur ou de l'arrivée surprise de la police militaire. Ils mangeaient et buvaient peu et n'avaient en tête que de quitter le pays sains et saufs.

Fernand bénissait le ciel de ne pas avoir à vivre pareil tourment maintenant qu'il était marié.

— La rivière est en crue ! cria-t-il en passant sur le pont où ils s'étaient rencontrés la première fois.

— Oui, ça fait peur, tous ces tourbillons ! cria à son tour Henriette en s'accrochant plus fort au bras de son époux.

Sous leurs pieds, l'eau brunâtre charriait toutes sortes de débris arrachés aux berges en amont. Un arbre entier vint frapper l'un des piliers du pont. La secousse fut ressentie par les promeneurs.

— Dépêchons-nous ! s'exclama Fernand, entraînant dans sa course sa jeune femme.

Henriette obéit en riant, amusée mais aussi un peu apeurée de poser le pied dans le vide entre les traverses de bois.

— Accorde ton pas au mien, lui conseilla Fernand.

Le couple avança d'un pas militaire, imitant ceux qui avaient, de gré ou de force, revêtu l'uniforme.

— UNE ! DEUX ! UNE ! DEUX ! scanda Fernand d'une voix forte.

Henriette riait à gorge déployée. Comme elle était bien ! C'était simple avec Fernand. Simple et bon…

« Maman avait raison de dire que c'était un bon garçon », se souvint-elle.

Le temps d'un battement de cœur, la jeune mariée se remémora la nuit précédente où, avec des caresses savantes et des gestes d'une délicatesse calculée, son mari lui avait fait vivre un véritable raz-de-marée de sensations qui l'avaient menée à un orgasme encore inégalé.

Malgré tout, Henriette ressentait un vague à l'âme. Elle posa une main sur son ventre encore vide et duquel le sang purificateur avait jailli deux jours après la mise en terre de sa belle-mère.

Quand ils débouchèrent enfin sur l'autre rive, ils croisèrent Ti-Jo Daviau, un pauvre hère qui passait son temps à ramasser ce dont les autres ne voulaient pas. C'était un peu le guenillou du village. Du matin au soir, on le voyait à travers les rues du village, tirant et poussant sa charrette, montée sur deux roues et remplie d'objets hétéroclites. Certains le disaient fou, d'autres faisaient courir la rumeur qu'il était riche comme Crésus depuis qu'il avait trouvé un gros magot d'argent dans une cruche dénichée au dépotoir municipal.

Ti-Jo croisa leur chemin, ses deux mains aux ongles crasseux bien agrippées aux manchons de sa charrette remplie à craquer.

— Salut Ti-Jo ! lança joyeusement Fernand.

L'interpellé tourna à peine la tête et continua son chemin sans s'arrêter.

— J'aime pas cet homme-là. Il me fait peur…

— Il est pas méchant pour cinq cennes, le défendit Fernand.

— Il est sale sans bon sens, ajouta Henriette en faisant une grimace de dégoût.

— C'est certain ! Un dépotoir, c'est sale rare. Es-tu déjà allée voir ça ?

— Jamais de la vie !

— Je suis certain qu'il y a plein d'affaires qui sont encore bonnes là-dedans.

— Mais où est-ce qu'il met tout ça ?

— Il a acheté trois vieilles cabanes, des sortes de hangars que le vieux Frenière voulait plus. Et y entasse ses trouvailles là-dedans.

— Est-ce qu'il vit là aussi ?

— Non, il a une petite maison au village, près du bureau de poste.

— Celle avec une immense horloge au-dessus de la porte ?

— En plein celle-là !

— Il a pas de femme ?

Fernand ricana sous cape avant de laisser tomber :

— Faudrait qu'elle le décrasse avant de pouvoir…

Il n'eut pas le temps de terminer, car Henriette, consciente des propos grivois que lui offrirait son mari, lui donna une tape sur le bras.

— On dit pas ça, des affaires de même ! s'exclama-t-elle en pouffant de rire.

Les jeunes mariés rirent de bon cœur tout en cheminant vers la maison. Quand ils furent à proximité, Fernand aperçut deux Ford T garées devant le perron.

— Qui c'est ? interrogea son épouse.

—Je sais pas. Viens, plus vite on sera rendus, plus vite on saura ce qui se passe, dit-il en l'invitant à hâter le pas.

Quand ils arrivèrent enfin dans la cuisine, Kildare, appuyé à la table, signait des papiers. Rosario, immobile dans la chaise berceuse près du poêle, une cigarette entre les doigts au bout de laquelle la cendre s'allongeait, fixait d'un air absent les deux étrangers qui encadraient le maître des lieux.

— Bonjour ! lança Fernand en enlevant son manteau.

— Bonjour ! répondit l'un des étrangers en se tournant vers lui et en lui tendant la main en signe de bienvenue.

— Qu'est-ce qui se passe ? demanda Fernand.

— Votre père vient de vendre sa terre à monsieur Oscar Gendron, ici présent, déclara le notaire.

— Bonsoir, dit le nouveau propriétaire en affichant une mine radieuse. Je suis content que votre père se soit enfin décidé !

La nouvelle eut sur Fernand l'effet d'une douche froide. Kildare avait vendu à un étranger…

« S'il avait fait ça avant que maman meure, elle ne l'aurait jamais accepté… », songea-t-il, amer.

Fernand regarda la cendre de la cigarette de Rosario qui menaçait de se retrouver par terre. Il se dirigea vers le guéridon installé près de la berceuse sur lequel trônait un cendrier de verre. Il s'en empara, le plaça juste sous la cendre et donna un petit coup sec sur le poignet de son frère. La cendre tomba d'un seul morceau.

Rosario tourna lentement la tête vers son frère, qui ne put s'empêcher de le réprimander :

— Tu finiras par mettre le feu avec tes maudites cigarettes ! Si tu les fumes pas, pourquoi tu t'obstines à les laisser brûler ?

— Laisse-le tranquille ! Tu vois bien qu'y est encore sur les médicaments. C'est pas sa faute s'il dort tout le temps… le défendit Kildare sans lever les yeux du document notarié qu'il tenait maintenant entre ses mains.

Henriette s'était approchée du comptoir où la vaisselle souillée s'amoncelait. Elle chercha des yeux un tablier, mais n'en vit pas. Elle considéra le comptoir encombré et fit la moue. Au bout d'un moment, elle aperçut le tablier, petite boule de coton souillé, tassée dans un coin. Visiblement, quelqu'un s'en était servi pour essuyer un dégât, car il était maculé de sauce. Henriette s'empressa de faire tremper le vêtement. Elle remplit ensuite les bouilloires vides, ainsi que le réservoir du poêle.

Henriette pivota sur ses talons et posa un regard attristé sur la pièce. Partout, elle ne voyait que désolation. Le parquet d'abord, marqué ici et là de traces de boue séchée, le poêle ensuite, dont les ronds de fonte noire s'auréolaient de rouille et de nourriture calcinée. Et que dire de toute la vaisselle qui traînait sur le comptoir, la table, et même sur les deux chaises qui demeuraient inoccupées à longueur de semaine… Une forte odeur de tabac flottait dans la pièce et imprégnait la cuisine dont les fenêtres et les portes ne s'ouvraient que rarement.

Une immense pitié lui remua le cœur quand Kildare posa sur elle un regard triste et désemparé.

—Je sais ben pas où on va aller, Rosario pis moi… laissa-t-il tomber dans un souffle en fixant sur elle son regard.

Ce constat, Henriette le reçut comme une prière à demi formulée.

Le malheur de Kildare lui apparut dans toute sa plénitude.

À presque soixante-neuf ans, l'homme avait tout perdu. Sa femme, sa terre, sa famille. Ne lui restait qu'un fils handicapé et Fernand qui, malgré l'affront que lui avait fait son père, avait su lui pardonner et lui demeurait obstinément fidèle.

Henriette leva les yeux vers celui qu'elle aimait maintenant d'un amour tendre et dévoué.

Leurs regards se croisèrent et Henriette comprit que Fernand serait l'enfant modèle qu'il avait toujours été. Il ne laisserait pas tomber ceux qui étaient dans le besoin.

— On va trouver une solution, son père, vous en faites pas ! On va s'arranger…

⁂

Sur le chemin du retour, le silence avait rythmé les pas de ceux qui avaient décidé, d'un accord tacite, de recueillir chez eux, le temps de leur trouver un logis, le père et le frère dépourvus.

— On laisse pas un chien dehors… avait statué Fernand.

— On va s'arranger, l'avait-elle encouragé, sans trop songer à la difficulté que présentait l'exiguïté du petit logis de trois pièces qui les avait accueillis le soir de leurs épousailles.

Henriette se mit aussitôt à imaginer installer un lit pour Kildare, dans le salon, près du canapé qui pourrait accueillir son beau-frère handicapé. Au début, ce serait difficile d'aller et venir dans la cuisine attenante, mais elle pourrait remiser, dans le petit cagibi du jardin, la table basse ainsi qu'une armoire. Elle devrait sans aucun doute se départir de sa machine à coudre qu'elle utilisait pourtant tous les soirs pour coudre de nouveaux vêtements, linges et tabliers ou encore en réparer d'autres.

Malgré ses bonnes intentions, ce sacrifice lui parut insupportable.

« Tout, mais pas ma machine à coudre ! »

Elle songea à Alma et Annette, ses belles-sœurs, qui avaient de la place dans leur maison de campagne et qui, par devoir filial, devraient héberger leur père et leur frère.

« C'est pas ta famille… »

— La maison est bien trop petite pour loger quatre adultes. Et puis c'est pas juste à nous de prendre soin du père et du frère, dit soudain Fernand.

Henriette se tourna vers son mari.

— Tu penses que ton père voudra aller vivre avec Florence ? ironisa-t-elle.

— Ça, je pourrais pas te le jurer, mais au moins, avec le bleu à Duplessis, il s'ennuierait pas !

Les deux complices s'imaginèrent en riant les discussions futures sur la politique qui dégénéreraient, inévitablement, en prises de bec.

— Je vais téléphoner à mes sœurs le plus tôt possible, dit-il.

Persuadés d'avoir enfin trouvé une solution à ce problème, Henriette et Fernand marchèrent le cœur léger vers leur logis.

Chapitre 26

La pauvre fille

Le début de juin étirait ses journées sous un soleil réconfortant. La pluie du mois de mai avait verdi les champs et Henriette s'affairait tous les jours sur le petit terrain adjacent à la galerie de sa maison où les plantes grasses, les pissenlits et le gazon avaient cédé la place à un jardin garni de fleurs multicolores. À partir de vieilles planches trouvées sur la voie ferrée, probablement tombées de la cargaison instable d'un train, Fernand avait fabriqué une couche chaude, dans laquelle il avait étendu un savant mélange de fumier de vache et de terre. Depuis un mois, sous les bons soins d'Henriette, des plants de tomates, d'aubergines, de poivrons et de pétunias avaient éclos.

— On va avoir une belle récolte, affirma-t-elle en finissant de transplanter ces plants dans la couche chaude sur laquelle elle déposa deux vieilles fenêtres jaunies, récupérées chez un voisin.

Elle fut distraite par le son d'une clochette derrière elle.

— Bonjour, madame Dupré ! J'ai une lettre pour vous ! annonça le facteur en stoppant sa bicyclette devant la galerie.

— Bonjour !

Henriette essuya ses mains sur son tablier et replaça d'un geste vif une mèche de cheveux derrière son oreille.

— Vous êtes certain qu'elle m'est bien adressée ?

Le facteur vérifia l'adresse sur l'enveloppe.

— C'est bien le 15, rue Sainte-Cécile.

— Ah, ben…

Le facteur lui tendit la lettre avant de repartir en la saluant.

Henriette reconnut aussitôt l'écriture d'Estelle et son cœur ne fit qu'un tour. Un malaise indéfinissable l'envahit tandis que d'une main nerveuse, elle décachetait l'enveloppe et dépliait le papier sur lequel des traces plus sombres avaient dilué l'encre.

Ma chère sœur,

Au moment où tu liras cette lettre, je serai délivrée de ma honte et de mon péché. Depuis que je t'ai quittée, j'ai vécu un véritable enfer. Eugène et sa mère m'ont empêchée de te voir. J'aurais tellement aimé aller à ton mariage! Mais j'avais trop honte! Parce que j'étais enceinte.

Henriette arrêta sa lecture, la vue brouillée de larmes coupables.

«J'aurais dû me douter qu'elle était prisonnière», se sermonna-t-elle.

La mère d'Eugène lui a parlé d'une femme. Une «faiseuse d'anges», qu'elle l'appelait. Mais quand il m'en a parlé, je lui ai répondu que jamais je serais une meurtrière. Alors il m'a frappée et il m'a jetée à la rue. Je n'ai pas eu d'autre recours que de me présenter chez les Sœurs de la Miséricorde.

La religieuse qui m'a accueillie m'a demandé si j'avais de la famille. J'avais trop honte pour t'appeler. Je me sentais si fautive! J'ai préféré me cacher à la crèche, comme toutes les autres femmes qui n'ont pas pu dire non à l'homme qu'elles aimaient.

Il n'y a pas une journée où je n'ai pas voulu mourir. J'avais tellement de peine. Jamais je n'aurais pensé qu'Eugène m'aurait abandonnée comme ça. Il m'avait pourtant dit qu'il m'aimait et qu'on se marierait aussitôt qu'il aurait une bonne job. Mais il les perdait toutes, les unes après les autres. Il boit trop…

Je t'écris pas pour me plaindre, mais pour te dire que je pars en Ontario. Je vais travailler dans une famille, comme servante. Je vais pouvoir apprendre l'anglais. Et puis là-bas, personne saura ce que j'ai fait.

C'est une fille. Elle a des cheveux noirs comme ceux de maman. J'ai pas pu l'examiner longtemps parce que les sœurs me l'ont arrachée des bras. Faut pas s'attacher, qu'elles disent, sinon c'est trop dur de les abandonner.

Je prie pour qu'elle soit adoptée très vite par des gens qui sauront en prendre bien soin. Moi, j'ai rien à lui offrir.

J'espère que tu es heureuse avec ton Fernand. Peut-être as-tu déjà, toi aussi, un enfant ?

Je veux pas que tu cherches à me retrouver. Pas tout de suite. J'ai besoin de temps pour panser mes blessures. Ne dis rien surtout à Gaston. Il ne comprendrait pas…

Je t'embrasse bien fort et je te souhaite tout le bonheur possible.

Ta petite sœur
Estelle

Henriette regretta amèrement d'avoir laissé sa cadette entre les mains de ce salaud. Elle jura entre ses dents, priant Dieu et diable de punir celui qui avait osé lever la main sur une femme sans défense. Elle le maudit aussi de ne pas avoir pris ses responsabilités dans cette affaire et d'avoir abandonné Estelle à son triste sort. Des pensées mauvaises, elle en eut aussi pour la mère d'Eugène, qui avait pris le parti de son fils alcoolique contre une bru qu'elle n'avait jamais acceptée.

Henriette pesta contre la vie qui infligeait pareille souffrance à des femmes que l'amour rendait trop souvent aveugles et soumises. Elle maudit le destin qui avait donné puis arraché à sa sœur ce qu'elle désirait le plus au monde, un enfant.

Elle songea à cette petite orpheline, qui irait sans doute grossir les rangs des enfants oubliés qui terminaient leur vie dans des asiles d'aliénés.

« La vie est injuste », soliloqua-t-elle.

Henriette replia la lettre et la remit dans l'enveloppe avant de la glisser dans la poche de son tablier taché de terre. Elle se dirigea sans entrain vers le jardin, le pas traînant et la mine défaite. Une énorme peine fit place à la colère et elle laissa libre cours à ses pleurs. Elle se pencha au-dessus d'une talle de pissenlits qu'elle se mit à arracher avec rage. Telles des perles de rosée, ses larmes touchèrent l'or des pétales avant de se cacher au fond de la corolle.

— Maman, prends bien soin de ta petite Estelle, pria-t-elle, impuissante.

Elle se remit au travail, le cœur lourd d'appréhension. La certitude de ne plus jamais revoir son bébé, comme elle se plaisait à appeler sa petite sœur, lui fit mal.

— On se reverra, Estelle. Je te jure qu'on se reverra, réussit-elle à dire entre ses sanglots.

Chapitre 27

Le projet

Kildare était finalement allé vivre chez Horence, où le travail de la ferme, avec ses bêtes, ses semailles et ses moissons, lui avait redonné un peu goût à la vie. Rosario, lui, n'était pas demeuré longtemps chez Annette qui le trouvait trop encombrant. Il avait donc déniché une chambre au village, à la pension du couple Hamel, rue Sainte-Cécile, près d'un terrain de croquet où il aimait s'asseoir et regarder jouer les adeptes de ce sport. Il avait aussi fait l'acquisition d'une voiture noire de marque Chrysler, aux sièges de cuir rouge clair, dans laquelle il se baladait dans les campagnes avoisinantes. Il fumait toujours autant et gardait son air taciturne.

Il était allé rendre visite à sa femme Marguerite qui, en le voyant, avait été prise de panique. Les infirmières religieuses avaient dû la ramener dans sa chambre où on lui avait installé la camisole de force.

Rosario avait été ébranlé de la voir et s'était juré de ne plus jamais remettre les pieds dans cet asile. Pour lui, Marguerite était morte. Il avait, bien malgré lui, causé sa folie et porterait à jamais en lui le souvenir du regard apeuré qu'elle lui avait jeté quand il avait tenté de l'approcher.

L'accident, qui l'avait tenu entre la vie et la mort quelque deux ans plus tôt, avait fait de lui un être à part, à la merci de la charité des uns et du dédain des autres. Il pouvait à peine bouger les doigts et les orteils, et le plus petit geste lui demandait un effort considérable. Sa chair raccommodée de partout l'emprisonnait comme dans un carcan. Seules les balades en voiture le réjouissaient. Et il en profitait le plus possible. Les indemnités mensuelles que le gouvernement lui versait arrondissaient ses fins de mois et le gardaient à l'abri des imprévus.

*

Le projet de bâtir une maison sur le terrain de monsieur Boulay, rue Saint-Jean-Baptiste, s'était imposé à Fernand quand, au hasard d'une promenade solitaire sur la voie ferrée, il avait vu ce terrain vague où ne paissait aucun animal ni ne poussait la moindre céréale.

De grands arbres y allongeaient leurs ombres sur l'herbe avec indolence. Il s'était permis de l'arpenter en long et en large, comptant le nombre de pieds qui le délimitaient. Le bruit du barrage non loin lui avait fait lever les yeux vers le pont d'acier qu'il empruntait, quelques mois auparavant, pour se rendre à la ferme paternelle. La nostalgie l'avait envahi et il s'était juré que ce bout de terre lui appartiendrait. Il imaginait déjà la maison à deux étages, dressée sur la petite colline, qui surplomberait le jardin en contrebas.

Dès son retour, il avait fait part de son projet à Henriette qui avait d'abord semblé réticente, se demandant comment ils pourraient épargner la somme nécessaire.

— Deux étages, c'est pas trop grand ? On est juste tous les deux…

— On va avoir des enfants !

— Je sais plus trop…

— Faut pas te décourager. Le docteur te l'a dit : pour certaines femmes, ça prend plus de temps !

— C'est pas ce que le curé a laissé entendre quand il est venu pour sa visite paroissiale. Comme si on empêchait la famille, s'offusqua Henriette, se rappelant les paroles du visiteur…

*

— Quel beau petit logis vous avez ! Vous allez me remplir ça d'enfants avant longtemps ? s'était égosillé le prêtre, comme s'il avait été en chaire.

— Certain, monsieur le curé ! Pis quand on aura plus de place, on vous les amènera au presbytère. C'est grand en masse pour élever des enfants là-dedans ! avait répliqué Fernand, qui n'aimait pas que le prêtre se mêle de ce qui se passait dans sa chambre à coucher.

Henriette avait à peine retenu le fou rire qui l'avait secouée en voyant la mine choquée du prêtre.

— Très drôle, mon garçon ! avait répliqué le curé Brosseau en rajustant son col romain, empesé par les bons soins d'une religieuse de la congrégation des sœurs Sainte-Marthe complètement asservies au bien-être des ecclésiastiques de la province.

*

— J'ai hâte que ça change…

— Quoi donc, Fernand ?

— Qu'on soit pas toujours à la merci des boss anglais pis des curés. C'est pas normal de pas pouvoir faire ce qu'on veut dans son propre pays.

— Dis pas des affaires de même devant le monde… Tu vas passer pour un communiste, le gronda sa femme.

— Tu vois ? On n'a même pas le droit de dire ce qu'on veut !

— C'est pas d'hier qu'on peut pas dire ce qu'on veut. Pis c'est pas demain que ça va changer non plus. Tu le sais plus que moi…

Fernand prit place sur une chaise près de la table de la cuisine, sortit de la poche de son pantalon un carnet et un petit crayon. Il se mit à griffonner quelques chiffres.

— Qu'est-ce que t'écris ? lui demanda Henriette en s'assoyant à ses côtés.

— Je calcule combien ça va me coûter avec l'achat du terrain, le bois pour la charpente, le sable pour le ciment et tout le reste.

— T'es vraiment décidé à nous bâtir une maison ?

— Si c'est la seule chose que je possède dans ma vie, autant la commencer tout de suite.

Henriette posa une main affectueuse sur celle aux ongles noircis par la teinture de celui qui travaillait sans relâche à leur bâtir une vie meilleure.

— À deux, on va y arriver !

— En tout cas, juste de le savoir, ça m'encourage.

Délaissant ses calculs, Fernand s'approcha de sa femme et l'embrassa avec une infinie tendresse quand Rosario frappa à la porte d'entrée.

— J'vous dérange pas, j'espère ?

— Non, non… Entre !

L'aîné de la famille Dupré obtempéra et se dirigea vers la table, prenant place sur la chaise la plus proche. Son souffle court, les rougeurs qui coloraient ses joues et, surtout, son air soucieux alertèrent Henriette et Fernand.

— Est-ce que ça va ? interrogea Henriette.

— C'est pas le père, toujours ? s'inquiéta Fernand.

— Non… c'est Marguerite. Le docteur m'a téléphoné. Il vaut mieux que je retourne plus la voir.

— Fallait s'y attendre, dit Fernand qui connaissait depuis longtemps la répulsion de sa belle-sœur face à son mari.

— Oui, ce sera mieux pour moi aussi… articula faiblement son frère.

Rosario aperçut les papiers épars sur la table.

— Toujours dans tes calculs, le petit frère ?

— Oui, j'essaie de voir combien d'argent il me faudrait pour acheter le terrain du père Boulay et me construire une maison, sans que ça me coûte trop cher, expliqua Fernand.

— T'as besoin de combien ?

— Environ trois mille…

— Et la banque ?

— Tu sais bien que les banques prêtent pas aux Canadiens français. Pis surtout pas aux travailleurs d'usine comme moi.

— C'est pas juste… constata Rosario.

Le silence reprit sa place dans la cuisine, entrecoupé du bruit de la machine à coudre sur laquelle Henriette était retournée s'affairer.

Fernand avait pris place en face de son frère et reprenait pour la énième fois ses calculs.

— T'as pas pensé à aller voir à la corporation des Caisses Desjardins ? demanda encore Rosario. Je pense qu'ils accordent des crédits pour les hypothèques.

— Oui, mais ils me demandent un montant, une avance en dépôt.

— Combien ?

— Cinq cents…

— Je pourrais te les prêter, moi, déclara son frère.

Fernand leva vers lui un regard à la fois surpris et perplexe.

— Es-tu sérieux ?

— Très sérieux. Mais à une condition…

Henriette, qui avait suivi la conversation d'une oreille distraite, arrêta le pédalier de la machine et attendit, le cœur battant.

— Quelle condition ? demanda Fernand.

— Que vous me preniez comme pensionnaire quand la maison sera terminée.

Fernand ne répondit pas tout de suite. Il chercha du regard l'approbation d'Henriette qui s'était tournée vers lui, sans toutefois quitter son poste de travail.

— Je vais devoir me trouver une autre pension, parce que ma logeuse déménage en ville. Et puis, au lieu de payer un étranger, pourquoi pas vous aider à payer un peu votre maison ?

Rosario se tut un moment avant d'enchaîner :

— Je suis pas trop dérangeant, vous savez. Pas malcommode non plus. Et puis je pourrai vous servir de taxi quand vous en aurez besoin. Avec le bébé à venir, va falloir penser à se rendre à l'hôpital en vitesse quand ça va arriver, renchérit-il. Mais si vous pensez que…

— C'est une très bonne idée, dit Henriette qui s'approcha des deux hommes, une couche de flanelle à moitié cousue entre les mains. Et puis, la maison sera grande… Au début, en tout cas…

Fernand opina du chef, même si l'idée de vivre au quotidien avec son frère ne lui plaisait pas outre mesure, mais l'apport financier du futur pensionnaire n'était pas à dédaigner.

— C'est surtout toi, Henriette, qui vas avoir le plus d'ouvrage, dit-il à sa femme.

— Une personne de plus ou de moins pour les repas, c'est pas un problème, le rassura-t-elle.

— Je prendrai la plus petite chambre que vous aurez, déclara Rosario. J'ai pas besoin de grand-chose, vous savez.

Fernand posa un regard sur la feuille devant lui. Sans contredit, Rosario lui offrait la chance de réaliser ce rêve sur un plateau d'argent. Il ne pouvait refuser.

— C'est d'accord ! laissa-t-il tomber.

Chapitre 28

La lettre

Le temps était à l'orage et Henriette faisait les cent pas dans la petite cuisine. Elle triturait une enveloppe entre ses mains nerveuses, cherchant dans la prière une échappatoire à son tourment.

—Mon Dieu, faites que ce soit pas vrai ! S'il vous plaît, épargnez-nous…

Elle leva le front vers l'horloge accrochée au mur près du poêle. Il était cinq heures. Fernand ne reviendrait pas de la manufacture avant une bonne heure. Dans un sursaut de rébellion, Henriette marcha vers le poêle et en souleva un rond. Des braises y rougeoyaient encore et elle fut tentée d'y jeter la lettre.

—Je peux pas faire ça, s'admonesta-t-elle en replaçant le cercle de fonte.

Elle sortit de la maison, marcha vers le jardin où les plants de tomates abondaient de fruits rouges et juteux. Elle s'y arrêta un moment, fit demi-tour et partit en direction de la voie ferrée où elle s'engagea sans hésiter.

Près d'un des silos, des hommes couverts de poussière blanche la sifflèrent. Certains se permirent même quelques propos grivois qu'elle fit mine de ne pas entendre. Elle continua, bien déterminée à ne pas rebrousser chemin malgré la petite voix qui l'y incitait :

« Qu'est-ce que va dire Fernand quand il va te voir arriver avec ton tablier ? Et si c'était pas ce que tu penses ? Si c'était une lettre d'Adrien ? »

Dès le départ du facteur, elle avait su que cette lettre contenait une mauvaise nouvelle. Une annonce que, depuis leur mariage, Fernand et elle avaient crue définitivement reléguée aux oubliettes. Voilà que le spectre de la conscription resurgissait avec le manque d'effectifs de l'armée qui ne réussissait plus à recruter de volontaires.

Un nouveau règlement avait été adopté à la Chambre des communes, stipulant que les hommes mariés sans enfant seraient appelés sous les drapeaux.

Henriette courait presque vers la manufacture qui ne se trouvait plus qu'à une centaine de pieds. Elle essuya les larmes qui coulaient sur ses joues, replaça quelques mèches de ses cheveux que sa course avait détachés de son chignon et tenta de retrouver son calme. Sa mine désemparée ne trompa cependant personne quand elle entra dans l'usine où retentissait le vacarme des moteurs. Elle demanda à une femme penchée au-dessus d'une perforeuse où elle trouverait son mari. C'était la première fois qu'elle se permettait de venir à la manufacture.

— Par là. Au bout du couloir, lui indiqua de la main la travailleuse avant de se pencher de nouveau sur son ouvrage.

Quand elle arriva derrière Fernand, il sursauta.

— T'as reçu ça, dit-elle en lui tendant l'enveloppe.

Hébété, le regard de Fernand alla de la lettre au visage triste de la messagère. Ses épaules se voûtèrent et il crut que son cœur avait cessé de battre.

— Le facteur vient de l'apporter, dit-elle cette fois avec difficulté.

Comme un automate, Fernand s'empara de l'enveloppe, la décacheta avec lenteur, comme s'il avait entre les mains une bombe à retardement. Il en sortit la lettre dont le papier craqua sous ses doigts nerveux. Il la déplia et lut à haute voix:

Monsieur Fernand Dupré,

Vous êtes prié de vous présenter au Manège militaire de Saint-Hyacinthe, le 12 août prochain, à deux heures de l'après-midi, pour un examen médical. Prière d'apporter avec vous votre baptistère ainsi que la liste de vos médicaments, si vous en avez.

Bien à vous,
Le ministère de la Défense nationale du Canada

Autour d'eux, le bruit des machines remplissait l'air d'un bourdonnement continu, tournant dans le vide puisqu'aucun ouvrier ne s'y affairait plus.

Un vertige s'empara de Fernand qui chercha appui de la main sur la table près de la machine.

— Ils ont pas le droit de faire ça ! se lamenta Henriette, désespérée.

— Ils ont tous les droits, rectifia son mari. C'est la guerre…

L'homme de trente-trois ans voyait tous ses rêves s'écrouler comme des châteaux de cartes. La maison, la famille, le bonheur… Cette simple lettre anéantissait les plans qu'il avait échafaudés. Il songea à Philippe, à Ernest, à Jacques Léveillée, à François Dumaine qui, comme lui, avaient tous convolé en justes noces pour échapper à cette fatalité. Ils étaient déjà tous pères d'un enfant. Tous, sauf lui…

Le conscrit posa sur celle qui n'avait pu le soustraire à temps à sa condition de « marié sans enfant » un regard chargé de reproches. Henriette le reçut comme une preuve irréfutable de sa culpabilité. Sans demander son reste, elle quitta la manufacture en pleurant.

Quand, une heure plus tard, Fernand rentra à la maison, le repas était sur la table et la cuisinière à ses tâches. Comme à son habitude, Fernand alla se laver les mains, les bras et le visage à l'évier. Il s'essuya, enleva les bretelles de ses épaules et les laissa pendre sur ses hanches, comme il le faisait au temps où il vivait à la ferme paternelle. Il prit place à table, imité par Henriette qui y déposa une assiette remplie de haricots jaunes, de petits pois, d'oignons, de carottes et de patates fumantes qui avaient mijoté dans un bouillon de bœuf. Elle s'empara d'une assiette remplie de tranches d'aubergines qu'elle avait d'abord fait dégorger dans une eau salée avant de les faire griller dans le beurre. C'était l'un des plats favoris de son mari et elle s'était fait un point d'honneur de lui en servir ce soir-là.

— Au nom du Père et du Fils et du Saint-Esprit… commença Fernand en se signant, imité par Henriette.

Comme à tous les repas, Fernand récita le bénédicité, demandant à Dieu de bénir leur repas et de donner du pain à ceux qui en étaient dépourvu.

— Amen.

— Amen, répéta Henriette d'une toute petite voix.

Oubliant la rancune qui l'avait habité quelques heures plus tôt, Fernand posa la main sur celle, tremblante, de sa femme qui lui offrit une bien triste mine.

— C'est ma faute… commença-t-elle. Si je t'avais donné un enfant…

— C'est pas de ta faute ni de la mienne, l'interrompit-il doucement. C'est la faute de cette guerre qui n'en finit pas. La faute de personne et de tout le monde en même temps. Et puis, rien me dit que je vais passer l'examen. J'suis pas mal sûr d'avoir les pieds plats… plaisanta-t-il pour dérider sa femme.

— Je sais pas comment tu fais pour prendre ça à la légère…

— Je prends pas ça à la légère, mais j'ai pensé à mon affaire quand t'es partie et je me disais que j'ai juste à faire comme mon frère Adrien et refuser d'aller au front.

— Tu deviendrais un zombie, comme lui ?

— Pourquoi pas ? Je serais probablement pas le seul.

Ragaillardi par cette idée, Fernand s'attaqua au délicieux repas qui commençait à refroidir.

— Demain, je vais aller à Montréal, annonça Henriette.

— Pour quoi faire ?

— Je vais aller prier à l'oratoire et commencer une neuvaine à saint Joseph.

— Tu vas y aller en train ?

— Non, je vais demander à Rosario de m'y conduire avec sa voiture.

—Je te dis que t'es pas peureuse d'embarquer avec lui. Moi, en tout cas, ça me prend tout mon petit change ! Y est tellement lent…

— Peut-être, mais il a jamais eu d'accident. Et puis ça me coûtera rien.

— Vas-tu en profiter pour aller voir Gaston ?

— Peut-être… Je verrai si j'ai le temps.

L'idée de faire une visite éclair à son frère la réjouit et elle se promit de prendre le temps d'aller le saluer à son travail et, pourquoi pas, de flâner un peu dans les rayons du magasin Dupuis Frères.

—J'ai fait une croustade avec les pommes que le voisin m'a données hier.

— C'est ça qui sent bon de même !

Henriette lui sourit, reconnaissante. L'amour qui les unissait avait chassé le moment d'amertume qui aurait pu tout faire basculer. Le temps n'était pas aux regrets ni aux remords. Il fallait marcher, au rythme de la guerre qui persistait, comme des soldats dont les seules armes étaient la foi et l'espoir.

Rien d'autre n'avait d'importance.

Chapitre 29

Saint Joseph

— On est presque arrivés, dit Rosario.

— Oui, j'aperçois le dôme de la basilique, répliqua Henriette, assise près de lui sur la banquette avant de la voiture.

La jeune femme soupira d'aise.

Le voyage avait été long. Long et silencieux. Rosario parlait peu et Henriette n'avait pas voulu engager une conversation qui aurait distrait le conducteur déjà un peu maladroit. La lenteur avec laquelle la voiture avançait lui avait fait regretter le train qui l'aurait menée au centre-ville de Montréal où elle aurait aimé aller se promener un peu et peut-être faire une visite surprise à son frère Gaston au magasin où il travaillait. Elle n'avait pas osé demander à son beau-frère de faire ce détour et s'était concentrée sur les paysages qui défilaient par la fenêtre de la voiture.

On était à la mi-août et la nature était à son plein épanouissement.

La voiture avait quitté le centre-ville de Montréal et roulait en direction de la montagne où se dressait le dôme encore inachevé d'une des plus grandes églises du Canada.

On disait qu'elle était le rêve d'un religieux de la congrégation de Sainte-Croix, Alfred Bessette, mieux connu de ses fidèles sous le nom de frère André. Ce petit portier du collège Notre-Dame de l'avenue Queen-Mary, réputé pour guérir de manière miraculeuse les malades qui se présentaient à lui, avait fait ériger en 1904 une petite chapelle dédiée à saint Joseph, l'époux de Marie, père de Jésus et depuis 1870, par déclaration du pape Pie IX, « patron de l'Église universelle ».

Henriette était convaincue que la dévotion à ce saint patron demeurait la seule issue à son problème.

« Il faut croire aux miracles ! », avait-elle dit à Fernand en prenant place dans la voiture le matin même.

Tout le long de l'avenue Queen-Mary, c'était un véritable cortège. Le va-et-vient des voitures, des calèches, des bicyclettes et des piétons donnait l'impression d'une vaste fourmilière.

— Y a du monde sans bon sens ! s'exclama Rosario, un peu nerveux.

— Oui, c'est toujours comme ça, il paraît.

— Vas-tu monter les marches à genoux ? interrogea Rosario.

— J'aimerais bien ça, mais je voudrais pas déchirer mes bas… finit-elle par répondre.

Leur voiture se gara à son tour sur le bord du trottoir et Henriette s'empressa d'en descendre.

— Tiens, prends ça ! Une fois étendu, tu pourras le placer sous tes genoux pour protéger tes bas neufs, lui proposa Rosario en lui tendant son mouchoir.

— Merci ! dit-elle en s'emparant du carré de coton d'un blanc immaculé.

— Tu prieras pour moi, lança-t-il avant de reporter son attention sur la rue devant lui.

Il fit une pause avant d'enchaîner :

— Pour Marguerite aussi, si tu peux. On sait jamais, des fois que le bon Dieu t'écouterait, toi…

— Je vais prier pour vous deux. C'est promis.

— Je reviens te chercher à trois heures ?

— Parfait.

— Bonnes prières !

Une fois sa passagère sur le trottoir, Rosario reprit son chemin. Henriette le regarda s'éloigner, songeant avec tristesse qu'elle aurait aimé connaître ce beau-frère avant que toute cette tragédie n'en fasse un être aussi laid et aussi malheureux.

Elle pivota sur ses talons et marcha à pas lents vers l'escalier qui grimpait jusqu'au dôme en construction qui semblait vouloir toucher les nuages. Elle s'agenouilla sur la première marche, en prenant bien soin de plier le mouchoir en deux pour plus de confort. Elle se recueillit un moment et récita un premier *Ave Maria* en silence, en l'accompagnant d'une demande:

— Sainte Marie, Mère de Dieu, faites que Fernand ne soit pas enrôlé... murmura-t-elle tout bas.

Une fois la prière dite, elle se releva, posa le mouchoir sur la deuxième marche, s'y agenouilla et récita la même prière en la terminant cette fois par une demande plus personnelle:

— Faites que je tombe enceinte au plus vite...

*

Henriette avait gravi les quatre-vingt-dix-neuf marches centrales réservées aux pèlerins qui les montaient à genoux. Les autres escaliers étaient noirs de monde. Son exercice l'avait menée devant le temple de granit dont le portique était soutenu par des colonnes d'au moins soixante pieds de haut.

La jeune femme n'avait jamais vu un édifice aussi majestueux, bien qu'il fût encore en construction. Elle tourna la tête vers la petite chapelle construite en 1904 des mains du frère André, lui-même aidé de quelques amis religieux. Elle la trouva jolie avec ses murs en bois d'épinette et ses lambris en tôle gaufrée.

Henriette compara les dimensions modestes de cet oratoire à celles de la basilique. La dévotion qui se dégageait de ce lieu simple, fruit du rêve d'un homme simple, l'anima d'une intense ferveur religieuse. Elle leva les yeux vers la petite fenêtre au-dessus de la chapelle, où se trouvait la chambre de celui que l'on surnommait « le petit frère qui guérit tous les maux ».

Une foule se pressait à l'entrée de la petite chapelle et Henriette se retrouva à l'intérieur, coincée entre des fidèles qui cherchaient en vain un endroit pour s'agenouiller et prier. Le ronronnement continu des prières récitées en chœur remplissait la chapelle où brûlaient des lampes remplies d'huile d'olive bénite qui, croyait-on, pouvait soigner toutes les maladies.

Henriette leva les yeux vers la statue de saint Joseph, placée dans une niche au-dessus d'un petit autel. La jeune épouse joignit les mains sur son ventre et ferma les yeux. Elle pria longtemps, demandant au saint d'intercéder auprès de Dieu pour lui accorder la joie d'enfanter. Elle pria aussi pour Fernand, pour Rosario, pour Marguerite et pour que la guerre finisse le plus tôt possible. La vision de sa sœur Estelle s'imposa à son esprit engourdi par les odeurs d'encens, d'huile, de cire et de tous les parfums des gens rassemblés et elle pleura doucement. Elle pria le frère André de la soutenir dans sa nouvelle vie. De la garder en santé et surtout de lui donner la chance de se bâtir un avenir heureux avec un mari aimant et attentionné.

Le visage rieur de Fernand prit soudain toute la place dans son esprit et son cœur se gonfla d'amour pour celui qui lui offrait un bonheur tranquille.

— Je promets de faire une neuvaine à saint Joseph et de le prier tous les jours de ma vie, murmura-t-elle.

Venu de nulle part, pareil à une caresse, un souffle chaud toucha sa joue. Henriette ouvrit les yeux. Un immense bonheur l'envahit et elle sut qu'elle serait exaucée.

Après s'être signée, la femme quitta les lieux et se dirigea vers la grande basilique où elle saurait dépenser de bonne façon les quelques économies qu'elle avait emportées avec elle.

Chapitre 30

L'horreur

— Qu'est-ce que c'est que ça ? interrogea Rosario en voyant sa belle-sœur entrer dans la voiture avec un gros paquet enveloppé dans du papier kraft.

— Une statue de saint Joseph.

— Ça a l'air lourd !

— Un peu.

— Place-le sur le siège arrière…

— Non. J'aime mieux le garder sur moi. Comme ça je suis certaine qu'il tombera pas.

— Comme tu veux…

La voiture s'engagea dans l'avenue Queen-Mary.

— As-tu mangé ? demanda Rosario sans quitter des yeux la voiture qui les précédait.

— Non. Et toi ?

— Non plus.

À une intersection, Rosario tourna à droite sur le chemin de la Côte-des-Neiges sur lequel il fila de longues minutes. Puis il tourna à gauche rue

Sherbrooke le long de laquelle se dressait l'université McGill et roula encore plusieurs minutes.

— Où est-ce qu'on va comme ça ? demanda Henriette qui se rendait compte que Rosario n'empruntait pas le même chemin qu'à l'aller.

— Tu vas voir... dit-il avec un sourire.

Curieuse, Henriette chercha des indices dans les noms des rues, affichés aux murs des maisons de briques. La statue de plâtre commençait à peser lourd sur ses cuisses et elle la déposa délicatement sur le plancher de la voiture, bien serrée entre ses mollets.

— C'est encore loin ? Parce que j'ai dit à Fernand que je serais de retour pour le souper...

— Tu seras de retour à l'heure, t'inquiète pas ! la rassura-t-il.

La voiture fila encore un moment rue Sherbrooke avant de tourner à droite rue Saint-André.

— Ça fait longtemps que t'as pas vu ton frère ? demanda Rosario, un sourire taquin étirant la peau marbrée de ses lèvres.

Le cœur d'Henriette se remplit de reconnaissance pour celui que la vie n'avait pas épargné et qui, malgré tout, savait écouter et comprendre ceux qui l'entouraient.

— Va le surprendre ! Et quand tu reviendras, rapporte-moi donc un sandwich au jambon. Je vais t'attendre dans la voiture. Mais dépêche-toi !

Il mit sa main dans sa poche à la recherche de monnaie, mais Henriette arrêta son geste.

— C'est moi qui paye…

Sans plus attendre, elle sortit de la voiture et s'engouffra dans le magasin à quatre étages où son frère travaillait. Dès la porte franchie, elle demanda à une employée où elle pourrait le trouver. La jeune femme lui indiqua une porte derrière laquelle un escalier descendait. Henriette l'emprunta en toute hâte, heureuse et nerveuse à la fois. Comment la recevrait-il ? Serait-il content de cette visite impromptue ?

Henriette en était à son questionnement quand elle arriva au bas de l'escalier. D'instinct, elle marcha sur la pointe des pieds vers une pièce éclairée d'où lui parvenaient des voix. La porte était ouverte. Elle s'en approcha, frappa deux coups discrets et entra tout de go.

Ce qu'elle vit la cloua sur place.

Collés l'un contre l'autre, les lèvres scellées dans un baiser passionné, son frère Gaston et un inconnu s'échangeaient des caresses.

— Oh ! ne put-elle s'empêcher de s'écrier.

Les deux hommes tournèrent vers la visiteuse un regard effrayé avant qu'elle ne déguerpisse comme si elle avait le feu aux trousses.

Quand Henriette, les joues mouillées et le souffle court, prit place en hâte dans la voiture, Rosario la fixa sans un mot, notant qu'elle avait omis de lui acheter le sandwich demandé. Il comprit qu'elle venait de vivre un moment difficile et, oubliant la faim qui lui creusait l'estomac, le beau-frère mit le moteur en marche et quitta les abords du magasin en direction de la maison du nouveau couple Dupré.

Chapitre 31

L'examen

Fernand marchait d'un pas pressé vers l'immeuble sis au 2155, boulevard Laframboise, où il avait rendez-vous avec le médecin militaire. Ces « enregistreurs », comme on les surnommait, circulaient à travers le Canada à la recherche des hommes en âge de servir sous les drapeaux.

Au moment où les étoiles pâlissaient dans le ciel de l'aube, Fernand avait fini par se persuader que tout irait bien. Il avait prié avec ferveur, le regard accroché à un croissant de lune suspendu dans l'encadrement de sa fenêtre. Il aurait aimé que ce matin, le soleil ne se lève jamais et que la nuit, avec les créatures qui la peuplaient, engloutisse la dure réalité qu'il devait affronter. Il n'avait rien pu avaler, malgré l'insistance de sa femme.

Quand il l'avait prise entre ses bras, il avait eu l'impression que son corps se déchirait en deux et que sa tête allait exploser.

Il n'avait pourtant pas bronché, se composant une attitude sérieuse, voire sévère. Pourtant, une angoisse froide le torturait, allant de sa poitrine jusque dans ses jambes qui le portaient à peine.

— Ça va bien aller… l'avait-elle encouragé en refoulant ses larmes, ses yeux fixés dans les siens.

— Oui, ça va bien aller, avait-il tenté de se convaincre.

Mais ce matin, alors qu'il marchait dans l'ombre que les arbres découpaient dans la lumière du jour, l'écho de ses pas résonnait trop fort dans le silence de la rue.

Le manège militaire de Saint-Hyacinthe, quartier général du 6e Bataillon du Royal 22e Régiment, une unité d'infanterie de la Réserve des Forces armées canadiennes, dressait sa tour octogonale avec son parapet crénelé dans l'azur du ciel.

Fernand emprunta le large trottoir menant à l'entrée principale d'où sortaient trois soldats en uniforme. Ceux-ci le saluèrent d'un doigt sur le bord de leur casquette galonnée d'or. Fernand les salua d'un bref signe de tête et entra dans l'enceinte.

Assis à une table encombrée de papier, un officier en fonction l'interpella :

— Votre nom, s'il vous plaît.

— Fernand Dupré. Je viens pour l'examen mé…

— Je sais, l'interrompit l'homme d'un ton maussade en ne levant pas le nez du formulaire qu'il remplissait.

Fernand attendit en silence.

— Signez ici, ordonna l'officier en poussant enfin la lettre d'enregistrement vers l'avant du pupitre et en tendant un stylo au nouveau venu d'un geste brusque.

Fernand hésita un moment avant d'y griffonner son nom à la hâte, comme on se jette à l'eau.

« Tu viens peut-être de signer ton arrêt de mort », susurra une petite voix au fond de lui.

Des sueurs froides coulaient le long de sa colonne vertébrale tandis que les battements intempestifs de son cœur cognaient à ses tempes. Fernand tenta de chasser le stress qui le tenaillait, conscient qu'il devait retrouver son calme pour l'examen médical à venir.

L'officier reprit le papier, y apposa un sceau avant de le remettre à Fernand.

— Au bout de la grande salle, la deuxième porte à droite. Vous pouvez pas la manquer, y a déjà une file qui attend.

Sans un mot de remerciement, Fernand s'empara du papier d'une main moite. Il se dirigea d'une démarche d'automate vers le point de la rencontre où une vingtaine de jeunes hommes attendaient.

— Ils peuvent pas nous obliger à aller de l'autre bord... Ils prennent les volontaires en premier, affirmait l'un d'eux à un compagnon d'infortune.

— Ils disent ça… Mais il manque tellement de soldats. C'est pas pour rien qu'ils ont changé le règlement et qu'on est réunis ici, même si on est mariés.

— Et puis ils peuvent changer les règlements à leur guise. On n'a pas le gros bout du bâton dans cette affaire-là.

— On peut toujours discuter, non ?

— Discuter de quoi ? Ils sont pas là pour nous écouter, mais pour nous dire quoi faire. C'est eux qui donnent les ordres…

— Une fois qu'on a signé ce maudit papier-là, on est à leur merci, dit l'homme qui avait lancé le débat.

Fernand assistait, silencieux, à la discussion. La lettre pesait lourd entre ses mains tremblantes. Il imagina sa femme, à la maison, agenouillée devant la statue de saint Joseph, priant avec dévotion le saint patron de lui éviter l'enrôlement.

*

Quand elle était revenue de son pèlerinage à l'oratoire, Fernand l'avait trouvée chamboulée. Il avait même cru que cette visite l'avait davantage démoralisée que réconfortée. Quand il lui avait posé des questions, un silence farouche s'était d'abord ensuivi et elle avait ensuite décrit, plutôt évasivement, la beauté des lieux, les gens qui priaient dans la petite chapelle et aussi le dôme qui touchait le ciel. Elle lui avait parlé de la gentillesse de Rosario, qui lui avait prêté son mouchoir pour gravir les marches, et de l'achat de la statue qui trônait maintenant bien en évidence sur le vaisselier en bouleau clair, cadeau de son beau-frère Horence.

Henriette avait cependant tu sa visite au magasin Dupuis Frères. Elle n'avait pas mentionné, non plus, la terrible révélation de l'homosexualité de son frère.

*

— Fernand Dupré ! appela un officier en sarrau blanc qui s'encadrait dans la deuxième porte à droite de celle où se tenait la file d'attente.

À l'appel de son nom, Fernand sursauta avant de se rendre compte que tous les regards étaient tournés vers lui.

— Tiens, le chanceux ! Il va passer avant tout le monde ! le taquina un des hommes dans la file.

— Il doit avoir de la parenté dans le régiment... Je te gage qu'il va être exempté, railla un autre.

Tête basse, Fernand se hâta vers sa destination, à la fois heureux de se soustraire à l'attention des autres, mais nerveux de devoir affronter si vite le monstre. Le médecin l'accueillit en tendant la main vers le formulaire que Fernand s'empressa de lui remettre.

— Fernand Dupré, c'est bien ça ?

— Oui, monsieur.

— Déshabillez-vous.

Fernand hésita et chercha des yeux un endroit discret pour s'exécuter. Il ne vit aucun paravent où cacher sa gêne. De son côté, le médecin s'était assis à son bureau et remplissait certaines cases de la déclaration.

— Âge ?

— Trente-trois.

— Des maladies chroniques, des essoufflements, battements cardiaques précipités, maux de tête, maux de ventre ?

— Non, répondit Fernand en enlevant son manteau et sa veste.

— Une vision trouble ? Un manque d'appétit ? Des chaleurs nocturnes ?

— Non, répondit-il encore en déboutonnant sa chemise.

Le médecin se leva et s'approcha de Fernand qui était maintenant torse nu, ses bretelles pendant sur le côté de ses cuisses.

— Ouvrez la bouche et faites "Aaaah".

Fernand s'exécuta.

— Vos amygdales sont bien endommagées, constata le docteur. Vous avez eu plusieurs infections, j'imagine, parce qu'elles sont remplies de cratères.

—J'ai perdu la voix pendant plus de deux mois quand j'avais quinze ans.

— Vous n'avez pas vu un médecin pour ça ?

— Oui. J'ai sucé plein de pastilles à la pénicilline, pis ça a passé comme c'était venu.

Le docteur nota quelque chose sur sa feuille et examina ensuite les oreilles, le nez, les yeux du patient avant de lui coller un stéthoscope sur la poitrine.

— Respirez fort par la bouche.

Fernand obéit.

Dans le local surchauffé qu'aucune fenêtre ouverte n'aérait, il se sentait comme un enfant d'école certain d'échouer à un examen qu'il n'avait pas pu préparer. Il loucha vers le bureau. Il remarqua deux piles distinctes, leurs dossiers verts et bruns bien superposés. Il se demanda sur laquelle aboutirait le sien.

— Enlevez votre pantalon et vos sous-vêtements, et montez sur la balance, ordonna le médecin en replaçant son stéthoscope autour de son cou et en le précédant vers un pèse-personne placé contre un des murs.

Fernand s'exécuta maladroitement. Il faillit perdre l'équilibre en enlevant son caleçon qui s'était coincé à sa cheville. Bien malgré lui, il exécuta quelques pas d'une danse bizarre avant de retrouver son équilibre. Nu comme un ver, il se dirigea vers l'appareil sur lequel il monta. En silence, le médecin nota le poids.

— Tournez-vous.

Le docteur fit descendre une tige de métal et la colla sur le sommet de la tête de Fernand.

— Cinq pieds, six pouces, déclara-t-il avant d'inscrire la mesure sur sa feuille.

Il marcha ensuite vers son pupitre, déposa le document et revint vers Fernand, toujours juché sur l'appareil. Il se posta sur le côté, se pencha et ordonna :

— Toussez !

Fernand s'exécuta.

— Encore deux fois, s'il vous plaît.

Fernand obéit promptement, gêné du regard posé sur ses testicules.

Visiblement satisfait, le praticien regagna son bureau, s'empara du formulaire, y inscrivit quelques notes supplémentaires avant de le déposer.

— C'est terminé ! Vous pouvez vous rhabiller, monsieur Dupré.

Fernand ne se le fit pas dire deux fois et se vêtit en hâte, heureux que ce soit terminé. Quand il fut près de la sortie, il se tourna vers le médecin.

— Quand est-ce que je vais avoir une réponse ?

— Dans une semaine, tout au plus.

— Merci, docteur. Et… euh… bonjour.

Au sortir de la pièce, Fernand n'était pas plus avancé qu'à son arrivée. Il quitta l'enceinte du manège militaire en espérant ne jamais y remettre les pieds.

Il marcha résolument vers l'hôpital Saint-Charles, situé non loin, où le cordonnier lui avait donné rendez-vous.

En longeant le terrain où l'incendie du collège Sacré-Cœur avait fait bon nombre de victimes, il se signa et pria les âmes de ces enfants et de ces enseignants de le soutenir dans son attente.

Chapitre 32

Dans la cour des grands

— Eh que ça sent bon ! déclara Kildare en entrant dans la maison où Henriette sortait du fourneau un gâteau aux framboises bien doré.

— Il y avait encore plein de fruits dans les framboisiers. J'en profite !

— Y est chanceux, Fernand, d'avoir une bonne femme comme toi qui sait si bien faire à manger !

— Je suis chanceuse de l'avoir aussi, votre garçon ! C'est un bon homme. Travaillant et pas chialeux !

À peine avait-elle prononcé ce mot qu'elle s'en mordit les lèvres.

— Pas comme moi, dis-le donc, la taquina Kildare.

— Vous le savez que je parlerais jamais en mal de vous !

— Je sais, je sais ! Je disais juste ça pour t'étriver, conclut Kildare qui marcha vers la berceuse et s'y installa.

— C'est pas drôle, ça, travailler tous les samedis matins, à la manufacture. Une chance qu'il a son samedi après-midi de congé.

— Fernand se plaint jamais. Des fois, il compare le travail à la manufacture avec celui sur la ferme.

— Lequel des deux il aime le mieux ?

— Les deux ont des avantages et des inconvénients, répondit Henriette, ne voulant pas dévoiler que Fernand préférait désormais ce jour et demi de liberté que lui procurait le travail en usine.

Kildare sortit une cigarette de sa poche de pantalon, la coinça entre ses lèvres et chercha la petite boîte d'allumettes en bois qu'il traînait toujours. Il ne la trouva pas.

— Me donnerais-tu du feu ? demanda-t-il sans se lever de sa chaise.

À contrecœur, Henriette alla chercher la boîte de métal, sur le dessus du réchaud du poêle. Elle n'aimait pas l'odeur âcre de la fumée qui s'accrochait aux rideaux, à sa chevelure et à toute la maisonnée après que son beau-père ou son beau-frère Rosario étaient venus les visiter. Pas plus que le crachoir qu'elle devait sortir et mettre à leur disposition.

*

Au clocher de l'église paroissiale, l'angélus sonna ses douze coups. Henriette se signa et récita les *Ave Maria*, comme le dictait la tradition religieuse, imitée par Kildare qui en oublia d'allumer sa cigarette.

À peine avaient-ils terminé leurs prières que Fernand surgit dans la cuisine.

Devant sa triste mine, Kildare ne put s'empêcher de le questionner.

— Est-ce que ça va, mon gars ? T'es peut-être tanné que je vienne faire mon tour tous les samedis que le bon Dieu amène...

— Non, non ! C'est pas vous, le père ! C'est ce maudit examen médical que j'ai passé, il y a une semaine. J'ai pas encore eu de nouvelles. J'ai assez hâte de savoir... Y a rien de pire que l'attente.

Fernand jeta sa casquette sur une petite table près de la porte, marcha vers l'évier d'un pas pressé, s'y lava les mains avant de les essuyer avec vigueur.

— À la shop, on parle de la guerre, pis on se demande si elle va durer encore longtemps. On parle des dernières élections aussi. Nous autres, les jeunes, on est écœurés des libéraux, de leur guerre, de leurs alliances avec Churchill, avec Roosevelt, pis tous ces Anglais qui nous mènent par le bout du nez pis qui manigancent dans notre dos, comme ils l'ont fait l'année dernière au Château Frontenac...

La visite des représentants des grandes puissances alliées contre le despote allemand avait été courte et, bien que tout eût été mis en œuvre pour garder cette rencontre hors de la portée des journalistes, elle avait ranimé la ferveur nationaliste des Canadiens français. Encouragée par le Bloc populaire d'André Laurendeau, au fédéral, et par l'Union nationale de Maurice Duplessis, au provincial, la rébellion grondait.

— Y sont venus faire une alliance pour abattre les Allemands ! C'est pas des manigances, ça ! coupa Kildare d'un ton sec.

— Peut-être. N'empêche que moi j'en ai par-dessus la tête de pas être maître de ma vie. Leur guerre est loin, ben loin d'ici. On a rien à voir dans tout ça, nous autres.

— P't-être ben que oui, p't-être ben que non… Oublie pas ce qu'Eurode a raconté. Ils sont venus frayer dans le coin avec leurs sous-marins, pis c'est des bateaux d'ici qu'ils ont coulés !

Fernand avait renoncé à répondre à son père. Il avait inventé mille scénarios, mais aucun, hélas ! ne lui permettait de croire que le cauchemar prendrait fin un jour.

Les longues heures passées devant sa machine lui laissaient amplement le temps de jongler. Si les tests s'avéraient satisfaisants, il serait enrôlé. Sinon, c'était que le docteur avait probablement décelé une anomalie ou une maladie grave et latente…

« Ça voudrait dire que je suis condamné de toutes façons… », se tourmentait-il sans arrêt.

— Approchez-vous, c'est prêt ! dit Henriette en déposant des assiettes garnies de bons morceaux de volaille et de légumes.

Les hommes s'exécutèrent en silence, Kildare reléguant au fond de sa poche la cigarette et l'allumette intactes – pour le plus grand bonheur de la maîtresse de maison.

Aussitôt attablé, Fernand récita le bénédicité plus rapidement qu'à l'habitude. Il plantait sa fourchette dans la chair blanche du poulet quand on frappa à la porte. À travers la moustiquaire, Fernand reconnut Norbert Tétreault, le facteur.

— J'ai une lettre pour toi, Fernand, dit-il en entrant sans y être invité.

Le cœur de l'interpellé s'arrêta de battre.

— On va enfin le savoir… dit Kildare, faisant écho aux pensées de sa bru qui s'était levée pour aller chercher le pli.

Fernand s'était approché de celle dont les mains tremblaient. Il s'empara de la lettre et l'ouvrit sans attendre. Il lut en silence, faisant attention de bien en comprendre le contenu.

— Je suis pas enrôlé, dit-il enfin. “Cause de pieds plats !”, cita-t-il. PAS ENRÔLÉ !

Fernand attrapa sa femme par la taille et la souleva de terre en riant à gorge déployée.

— Arrête ! s’exclama-t-elle en riant à son tour. Tu me serres trop fort !

— Ah, oui ! J’allais oublier… j’ai croisé le docteur Chaput en venant ici. Il m’a demandé de vous dire qu’il voudrait vous voir tous les deux, cet après-midi, à deux heures, annonça le facteur avant de quitter la maison.

Chapitre 33

Le bonheur

— L'accouchement est prévu pour la fin avril ou le début mai. Il faut que je commence à monter mon trousseau, dit Henriette en installant la machine à coudre près de la fenêtre du salon où elle bénéficierait de plus de lumière. Je vais pouvoir aussi me faire des robes plus amples pour cacher mon ventre.

— Tu devrais pas avoir à cacher ton ventre! s'exclama Fernand.

— Tu le sais bien que les prêtres aiment pas ça, répliqua sa femme.

— Les prêtres! Ils ont tous commencé dans le ventre de leur mère, à ce que je sache... Comme tout le monde.

— Choque-toi pas...

— Ça me choque, parce que je trouve ça niaiseux. C'est comme le fait de vous obliger à porter un chapeau quand vous allez à la messe. On demande aux hommes d'enlever leurs chapeaux et aux femmes de les mettre. Va donc comprendre la logique dans ça…

Comme chaque fois qu'il était question d'équité et de justice, Fernand s'emportait. Sa mère lui avait enseigné que la société était dirigée par des hommes, mais que c'était les femmes qui tenaient à bout de bras le pays. C'était elles qui enfantaient, soignaient les malades, éduquaient les enfants, aidaient leur mari à semer, à moissonner, à traire les vaches et à faire toutes les besognes que les enfants trop jeunes ne pouvaient accomplir. Ces femmes qui, si elles décidaient de ne plus se soumettre aux lois des hommes, changeraient le monde…

« Tu vas voir ! Un jour les femmes se laisseront plus manger la laine sur le dos. Et ce jour-là, va falloir que les hommes changent leur fusil d'épaule et se mettent à les considérer pas seulement comme des faiseuses d'enfants ou des servantes. Un jour, il faudra bien qu'on nous respecte… », lui avait confié Adèle, un soir que le travail, mais surtout une querelle entre Kildare et elle, l'avait laissée fourbue et désenchantée.

Malgré ses seize ans, Fernand avait compris que le plus beau cadeau que deux êtres humains pouvaient se donner, c'était un respect mutuel.

La rencontre avec Henriette n'avait certes pas engendré un amour passionné, mais leur amitié s'était muée en une belle connivence. Combien de fois se comprenaient-ils d'un simple regard ? Combien de fois des souhaits inexprimés avaient-ils trouvé un chemin vers l'autre ?

Le futur père contempla la taille arrondie de sa femme qui s'affairait devant lui. Il ne la quittait pas des yeux, savourant chaque geste, chaque mouvement de son corps qui s'alourdissait peu à peu. Il s'approcha d'elle, l'entoura de ses bras et posa la tête sur son épaule sans un mot. En cet instant, il était le plus heureux des hommes.

Henriette s'abandonna à cette étreinte à la fois douce et réconfortante.

À deux mois de grossesse confirmée, la jeune femme de vingt-six ans pouvait enfin annoncer la bonne nouvelle à tout le monde. Elle en était tellement fière ! Tout autant que Fernand, d'ailleurs, qui, selon les dires de ses compagnons de travail, ne parlait plus que de son futur rejeton.

— Tu vas voir… C'est ben beau le premier, mais après, quand ça commence à débouler, y a plus de place pour les hommes dans la maison, racontait Onésime Leclerc qui en avait déjà quatre.

— Au fur et à mesure que ça grandit, ça mange sans arrêt, ces enfants-là ! ajoutait Jean-Marie Painchaud, dont la femme avait accouché de deux paires de jumeaux en à peine trois ans.

— En plus, avec le rationnement, c'est pas facile. Une chance que moi, ma femme est bonne cuisinière. Elle fait des miracles avec rien, affirmait Gérard Dubois dont la famille venait d'accueillir un sixième enfant.

— Ouais… Une chance qu'on a des femmes travaillantes. Moi j'aime mieux passer ma journée à l'usine que de rester toute la journée avec la marmaille, avoua Onésime qui disait manquer souvent de patience.

Fernand était persuadé qu'Henriette et lui sauraient se partager les tâches, comme ils le faisaient depuis le début de leur union. Ainsi, Fernand faisait les emplettes au magasin général quand il s'y rendait les samedis après-midi. C'est lui aussi qui avait pris l'initiative de faire cuire le rôti de lard, de la cuisson duquel il tirait une graisse de rôti savoureuse qu'il aimait étaler sur une tranche de pain blanc. Il y avait aussi la lessive qu'il aimait étendre sur la corde à linge qui reliait le poteau de la galerie au coin du hangar. Il ne rechignait jamais pour nettoyer et cirer les chaussures. Il aimait aussi travailler au jardin, sarclant et piochant la terre nourricière. Combien de fois avait-il pris en main le ménage de la maison, laissant ainsi plus de temps à sa couturière de femme qui en profitait pour allonger ses heures de travail, penchée sur sa machine à coudre ?

La vie était belle et bonne.

Les rumeurs qui racontaient que les troupes allemandes avaient été refoulées aux frontières de la Russie et que l'Allemagne nazie se dirigeait, inévitablement, vers la défaite avivaient leur foi : tous les soirs le couple s'agenouillait pour réciter le chapelet, invoquant Jésus, sa mère et les saints de mettre fin à cette guerre qui n'en finissait plus.

— Au moins, avec l'enfant qui va naître, c'est certain que tu seras plus jamais appelé, avait soupiré Henriette.

Fernand avait acquiescé en silence, tentant, comme chaque fois qu'il y songeait, d'exorciser la peur qui l'habitait depuis le rapport de son examen médical. Il ne croyait pas du tout à cette histoire de pieds plats. Il avait échappé à la guerre et celle-ci prendrait bientôt fin. Ce n'était plus qu'une question de mois. Même s'il n'était pas allé se battre de l'autre côté de l'océan, il gardait les stigmates de la peur qui demeuraient ancrés dans sa mémoire. Que devait-il penser du diagnostic inscrit sur ce papier ? L'avenir lui réservait-il une bataille qu'il ne saurait remporter ?

« C'est la faute à ce maudit examen médical… Si au moins je savais pourquoi ils m'ont refusé… », songea-t-il.

Une angoisse lui serra la poitrine où il porta la main. Dès cet instant, Fernand sut que cette peur s'accrocherait à lui et ne le laisserait plus jamais en paix.

Table des matières

Suivez-nous

Achevé d'imprimer en avril 2023
sur les presses de Marquis Imprimeur
Montmagny, Québec